U0961214

西顿动物故事选

[加]西顿◎著　金帆◎编译

海峡出版发行集团 THE STRAITS PUBLISHING & DISTRIBUTING GROUP | 福建教育出版社

图书在版编目（CIP）数据

西顿动物故事选/（加）西顿著；金帆编译. —福州：福建教育出版社，2018.4（2020.11重印）
（何捷主编）
ISBN 978-7-5334-8053-0

Ⅰ.①西… Ⅱ.①西… ②金… Ⅲ.①儿童故事—作品集—加拿大—现代 Ⅳ.①I711.85

中国版本图书馆CIP数据核字（2018）第029915号

主编 何捷

Xidun Dongwu Gushi Xuan

西顿动物故事选

[加] 西顿 著 金帆 编译

出版发行 福建教育出版社
（福州市梦山路27号 邮编：350025 网址：www.fep.com.cn
编辑部电话：0591-83779650
发行部电话：0591-83721876 87115073 010-62027445）
出 版 人 江金辉
印 刷 北京一鑫印务有限责任公司
（北京市顺义区北务镇政府西200米 邮编：101300）
开 本 960毫米×1280毫米 1/32
印 张 8.875
字 数 175千字
版 次 2018年4月第1版 2020年11月第3次印刷
书 号 ISBN 978-7-5334-8053-0
定 价 36.00元

总 序 | *FOREWORD*

人生那么短，有时间就读经典

每个人成年后，都有一个难以回避的遗憾——童年的时光那样珍贵，而我们却常常无端浪费。

在我看来，童年，就是阅读的大好时光。有一句心里话，与大家分享：“儿时正是读书时。”你不得不承认，小时候拥有最自由的阅读时间。虽然说那些让人讨厌的作业整天形影不离缠着你，虽然说学习看起来还真的不是那样简单，但和未来要承担繁重工作的你相比，儿时的你，的确有大把大把的时间可以自由支配。儿时，还是最有精力的时候，只有等到你长大，或者像我一样到了中年，你才会知道什么叫做“牵绊”，什么叫做“分散”，什么叫做“心有余而力不足”。而等你感受到的时候，就是遗憾降临的时候。至今清楚地记得，相对于如今的我而言，小的时候我也曾精力充沛，而不能原谅的是，却看着时间大把大把地从我的生命中流逝。

最重要的是，儿时是最能琢磨出读书趣味的时候。因为小，所以你的无知也显得可爱，所以什么都值得你读一读。儿时的好学就是特质，似乎什么都值得你了解，什么对于你来说都是新鲜的。世界上的一切都在召唤你去探索，去改变。无疑，阅读是最佳的方式。阅读，最经济，最简单，最直接，最有效；不知道的，感兴趣的，都可以通过阅读来获取。

这样看来，读书是不二的选择，这点毋庸置疑了。只是要知道：小的时候读了多少？读了什么？怎么读？这些几乎决定了你未来怎么成长，长得好不好，长成什么样。接下来我们就说说“为什么要读经典”。

很多人对我的童年读书经历很感兴趣。他们从我的课堂上，从我出版的教学专著中，做了很多猜测：课上成这样，书出版得这么多，小的时候，他一定读过不少书吧。不然，怎么这样能写，如此能说？大家猜对了，我小的时候，书的确读得多。不过我读的更多的是大家瞧不上的“小人书”，一共好几个抽屉呢。请不要笑话哦，在我童年的那个年代，能够读几个抽屉小人书，一定是“家境优越”“家风正派”的。我的爸爸是党报的编辑，他非常重视我和姐姐的阅读，因此，他花了很多钱，为我们购买了这些小人书。这在当时，算得上是一种奢侈品。所以，我的童年过得是有滋有味的。记不清具体是哪一年，依稀是四年级吧，有一天妈妈下班回来，带给我几页金庸先生写的《射雕英雄传》的残页。所谓“残页”，就是工厂印刷失败后留下的废纸啦。妈妈在新华印刷厂工作，她为我捡回这些残页，并没有太多想法，只是丢给我，让我随便看看。没想到这一看，我就像着了魔似的，开始如饥似渴地读起金庸的武侠小说来，一本接着一本，根本停不下来，真正是到了可以不吃饭、不睡觉也要看的地步。读了如此有意思的书后，那些小人书就排不上队了。瞧，好的作品有曲折动人的情节，有活生生的有血有肉的人物，有精致诱人的细节，有让人沉醉其间的魅力。后来，小学时的每一个中午，我都是捧着厚厚的金庸小说睡着的。再后来，我还把自己的网名起为“语文老顽童”，你一定明白，这是深深地受到了经典武侠小说的影响。

阅读经典，就像用针在你的灵魂里纹绣美图。

中学时，书读得少了。到了师范学校，我全心全意地修炼教师基本功，读得也不够。做了老师，阅读的缺损就来惩罚我了。课设计得很单薄，言论没有内涵，很浅薄，一切都显得轻飘飘的。这个时候，依然是妈妈告诉我：别慌，可以用读书去改变。于是，在妈妈的鼓励下，我又一次开始阅读。真的有惊喜啊，小时候所有的阅读体验都在重新阅读时顺利复活了。阅读，其实就是一种记忆的唤醒，就是一种微火的吹燃。儿童时代所有的阅读，都构成了我们的阅读历史，构成了我们的生命，都成为我们不断成长的动力。儿时阅读，是至关重要的。

我还欣喜地发现：当老师爱上阅读，学生自然爱上阅读。

教师引导儿童阅读，绝非难事，但不要过于强调，大张旗鼓。一个老师爱读书，所带的班级学生自然也爱读书。所以，起初我主张自由阅读，并不做具体的推荐。孩子读得很随意，他们喜欢那些像“饮料”一样，乍一看很刺激的书。虽然读了，但读得不对，进步自然很慢，甚至言行还出现偏差。读什么书，对人的影响是巨大的。后来，我让他们更多关注经典这一类犹如“粮食”一样的书，情况一下得到了好转。什么是像“粮食”一样的经典呢？首先，这些书并不哗众取宠地讨好你，相反，也许你初读时并不感觉“好在哪里”，甚至还有些“读不懂”，或者是读了，有感觉了，但一切都是恬淡的、舒适的、自然的，只是的确有一种说不清楚的诱惑力，让你舍不得放下。之后，你再读，可能就会品出其中的滋味了。这种感觉让人难忘，简直说是无法磨灭。再后来，你也许会不断主动重复阅读，因为你的身体、心灵都在要求你再读一读，你已经和这些经典的书融合在一起了。经典，已经化为你的血液了。这如同粮食对人的给养，让你慢慢成长。在此之后的一生中，无论遇到什么样的情况，经逢各种各样的事，你的脑海中都会冒出一个形象，一个桥段，一个细节，它们都存活在经典中，都在冥冥中给你力量，给你帮助。这就是经典带来的力量。于是，你做出了一个很有意思的决定——把这本书推荐给身边最亲爱的人。

明白了吧,这就是我今天为什么向你推荐这套经典读物的原因了。我也是被经典打动、滋养的。我怎么能独享？当然要和你一起欣赏。

这套近百部的经典，已经不需要再次罗列书名了。对你来说，它们简直就像老朋友，真有一种“低头不见抬头见”的亲切感。但我相信，这一次你阅读它们，阅读这一套丛书，会有很多新的收获。我接下来和大家说说“如何读才好”。

经典，已经摆在我们面前，该怎么去读呢？答案很简单，三个字——慢慢读。

经典是最值得你花时间去品味，去琢磨，甚至多读几遍的。我敢保证，每一次阅读你都会有不同的发现。我希望，你可以不断进步，让阅读的层次不断提升，越读越会读。比如说，有的人读经典，只喜欢其中叙述的故事。的确，故事很精彩，但光是停留在故事，停留在内容，就等于你开采到了一块宝石，但是你却抚摸包裹在外的石衣，还没有看到真正璀璨的光芒。只读故事，损失了经典十分之九的色彩。有的孩子已经知道读经典是需要手到、眼到、口到、心到的，可以做些笔记、摘抄，做一些批注，还可以写一些随想、感受，等等。长期这样阅读经典，等于同时养成一个习惯，让自己的读写能力完成日积月累的增长。一段时间以后，你的语言也发生了变化，你的文章越发的漂亮，你看问题的角度也变得与众不同，这就叫“腹有诗书气自华”。记住，好习惯是需要日积月累的，坚持就是你永远应该保持的姿态。

必须说明，还有一种小孩非常特别。他们读书时善于思考。每次接触经典，他们都会去思考：到底这样的经典是怎么写成的呢？为什么这些故事会流传到今天呢？为什么至今还有那么多人喜欢呢？

带着探索的心，一边想，一边读，你将层层剥笋，如获至宝。每读一次都将增长读与写的功力，变得能读善写。比如说读了《水浒传》，你会发现每个好汉都有他的绰号，而绰号和好汉的特点是相关的，你开始琢磨作者是怎么去构思并写出这么多各具特色的人物呢，哪些细节让我们留下对人物深刻的印象呢。再比如说你发现《西游记》中有一个故事叫“三打白骨精”，《三国演义》中有个故事叫“三顾茅庐”，还有“三气周瑜”，《水浒传》中有“三打祝家庄”的故事。为什么都是“三”呢？是巧合吗？难道真是发生了三次吗？读得多了，你会发现这也许就是一种创作的手法吧。再往下读，你又会看到许许多多的作品中居然都有这个神秘的“三”的存在，慢慢地你就会用“三”的结构来写自己的故事。看，你不就又成长了吗？

阅读了这套书，接触过近百部经典之后，你会非常欢喜，因为收获满满，实实在在。这时候，我希望你把这些经典推荐给自己的小伙伴，或者，直接跟同伴讲这些经典故事吧。经典本身就需要被口耳相传，经典本身就可以通过一次又一次的接力传承下去。你甚至会发现，身边处处都是这些经典的影子。例如，有的经典被拍成电影，有的经典化为一个个细小的话题，有的值得进行专项的研究性学习、主题研究，等等。读经典，让整个人都变了。读经典的妙用就在于“陶冶性灵，变化气质”。

童年正在流逝，还等什么？赶紧读经典吧！

2017年10月

目 录 | *CONTENTS*

普林菲尔德镇狐狸的故事

沼泽地里的豁耳兔

红脖子

一只信鸽的故事

吉尔达河边的浣熊

卡伦坡狼王

《西顿动物故事选》导读方案

一、理解关键词句的含义和作用

我们在阅读文学作品时，往往会遇到一些难以理解的词语，阻碍我们读懂某一句话或某一段话的意思。所以，我们必须正确理解词句的含义，而理解词句不能仅仅局限在表面意思，还要认真体会它们所表达的深层含义，以及在文章中的作用。

1. 联系上下文理解关键词句的含义

我们在阅读时会遇到一些生词，这时我们可以结合词语所在语境来理解它的含义。仅理解词语的本义是不够的，有时作者会为了表达某一种意思，而活用一些词语，这时我们可以通过联系上下文的具体内容来理解这些关键词句的含义。比如：

《沼泽地里的豁耳兔》第一章中，“小棉尾兔来到这个世界上已经三个星期了，非常可爱，兔妈妈也非常疼它。”这里的“疼”就不是我们通常所理解的“痛”的意思，而是“心疼，疼爱”。

2. 联系上下文体会关键词句的作用

了解了词句的含义，我们还要联系文章的具体内容，仔细体会语句表达的含义。一些关键词句既可以表达人物的心情、抒发感情，又可以展示人物的性格特点。比如：

《一只信鸽的故事》第二章中，“在大家期待的目光中，角箱飞了起来，但不一会儿它就一脸恐惧地飞了回来，落在了轮船的缆索上。无论大家如何驱赶，它也不起飞了。”这里的“恐惧”就是个关键词，它不仅准确地描绘出了“角箱”面对浓雾笼罩的茫茫大海害怕至极的心情，而且充分表现出了它胆小怯懦的性格特点。

二、积累好词好句好段

我们在阅读文学作品时会读到很多优美的词句、精彩的语段，这时就需要我们认真体会，多读、多记、多积累，然后多用、多学习。这样，我们的写作水平就能提高。

1. 好词

文学作品就像词语的百宝箱，它有生动形象的动词、丰富细腻的形容词、准确传神的拟声词，还有很多精练简洁的成语等，这些都值得我们好好学习。比如：

呼啸、麻利、短促、流畅、一溜烟、喜出望外、焦躁不安、小心翼翼、干干净净、嗷嗷待哺、津津有味、功夫不负有心人。

2. 好句

文学作品中还有很多优美的句子，有的描写人物的外貌，有的描写美丽的风光，还有的描写精彩的对话。这些句子描写准确，并运用了比喻、拟人、排比等修辞手法，这些都是值得我们积累的好句子。比如：

在小镇街道的尽头，我们可以看到农舍和风车，可以看到一排排用橘子树做的树篱笆，还可以看到灰绿色的叶子当中点缀着一些金黄色的果实，这些景色像极了大草原！

3. 好段

精彩的段落描写在文学作品中也很常见，有的巧用修辞展现妙趣横生的情节，有的用优美的语言描写景物，等等。我们平时应该注意积累和学习，这样对我们写作文会有很大的帮助。比如：

清晨，奥利凡特家的烟囱里升起袅袅的炊烟，这些炊烟像轻纱一样漂浮在灌木丛的顶端，在沼泽地上空形成一片朦胧的灰蓝色雾霭。在蓝天的映衬下，那一缕缕暗淡的棕色炊烟，把这个小小的世界打扮得格外迷人……

三、了解作品的主要内容和主题

文学作品反映了特定时代的历史和社会内容，展现了丰富多彩的社会生活。阅读文学作品时，要注意把握作品的主要内容和主题。

1. 了解文学作品展现的主要内容

阅读文章时，扫清了字词的障碍后，我们就可以整体来把握文章的主要内容，只有抓住了文章的主要内容，才能更准确地了解作者的思路，提高我们的认识、分析和概括的能力。比如：

《小战马》讲的是一只长耳兔的故事，它具有无与伦比的勇气和胆量。虽不幸被捕，但凭借着智慧一次次地战胜了猎狗。最后，在发号员米克的帮助下回到了原来生活的平原，重获自由。

2. 了解作品所表达的主题

作者写一篇文章总有他的目的性，当我们能够把握住文章的主要内容，体会文章的思想感情时，我们就可以深入地去感受作者的精神世界了。阅读文章时，我们把作者在文章中阐明的道理、主张，流露的思想感情概括起来，我们就准确地把握了文章的中心思想，也就能更深刻地理解文章的主题了。比如：

《红脖子》通过一只美丽而又勇敢的鹧鸪如何在困境中竭尽全力地生活、奋斗，一直到生命最后一刻的故事，表现了动物像人类一样有亲情、爱情和友情，它们同样有值得尊敬的感情。目的在于呼吁人们用平等、仁爱、仁慈之心来对待动物，善待我们赖以生存的生态环境。

四、把握人物形象的特点

在文学作品中，我们会发现各式各样的人物形象，他们有的可爱，有的勇敢，有的懦弱，等等。在阅读文学作品时，我们要注意了解人物形象最突出的特点，抓住人物性格中与众不同的地方，这样才能更好地理解文学作品。比如：

《一只信鸽的故事》中阿诺克斯是一只众口皆碑的出色的信鸽，它能飞行很远，并且从来不迷失方向，一生获得无数荣誉，但它最突出的特点是它对家的热爱。无论是舒适的生活、漂亮雌鸽的诱惑，还是长达两年的囚禁生活，甚至是死亡的威胁，都无法让它放弃对家的眷恋，至死不渝。

五、感受语言的优美

好的文学作品经常运用优美的语言讲述生动的故事，表达强烈的情感。我们在欣赏文章的语言时，要注重文章所采用的各种修辞手法，通过对这些修辞手法的鉴赏来提高我们自己的语言表达能力，将借鉴到的语言特点更好地运用在我们的写作中。比如：

“它们躺在松软的草丛间，舒坦地伸展开身子，不时地把身子翻一翻，就像烧烤一样，烤烤这边，烤烤那边，希望把两边都烤好似的。”这段话运用比喻的修辞手法，生动形象地写出了兔妈妈和豁耳兔晒太阳时不断翻身的样子。

六、有自己的体会和看法

文学作品问世之后会遇到各种各样的读者。每个读者的经历、知识和看待问题的角度不同，所以，对作品的体会也是不一样的。我们在阅读文学作品时要有自己的体会，这样才能有收获。比如：

读了《红脖子》这个故事，我想到了在生活中，自己也时常有不听话的时候，有偷懒的时候，甚至也有觉得大人的做法可笑的时候，就像红脖子那些不幸丢掉性命的兄弟姐妹一样。现在，我知道自己错了，这些想法和做法都是不好的，从现在起我就要统统改掉，做个像红脖子那样既听话、又勇敢的好孩子。

本书在《西顿动物故事选》原著基础上加以改编，以更适合青少年阅读。

阅读与写作能力提升要点

阅读能力提升要点	理解词语的深层含义
	体会关键语句的作用
	准确把握文章的内容
	深刻体会作者的思想情感
	感受作品的艺术特色
	对人物形象做出自己的评价
写作能力提升要点	扩大知识面，积累写作素材
	拓展思维，巧妙构思、立意
	勇于创新，充分发挥想象力
	巧用修辞，使语言生动形象
	准确描述，灵活运用表达方式
	感情真挚，真实表达思想情感

乌鸦银斑

第一章　乌鸦家族大揭秘

在生活中，你可能常听到这样的说法：像羊一样温顺，像鹿一样胆小，像狗一样忠诚，像狐狸一样狡猾，等等。但是，你听过“像乌鸦一样聪明”吗？在加拿大就有这样一句谚语。那里的人们基本上都相信这种鸟非常有智慧。的确，乌鸦是鸟类中最聪明的一种，已经有科学实验证明它们具有一定的逻辑推理能力，虽然这种能力相对人类而言是简单的、几乎是理所当然的。但对于一种鸟而言，却几乎可以说是伟大的。乌鸦们能做很多复杂的事情。比如，它们在发现大块的、自己无法一次携带飞行的牛油或者羊脂时，会把它们分割成小块带走；它们在发现散落的饼干后，能用嘴将饼干一块块整齐地垒在一起，然后一次衔走；它们看到地上有两个面包圈，也能想办法一起带走，不留给其他鸟类机会；它们为了误导天敌，会制造一个假的储存食物的地方。

在多伦多的法兰克城堡附近，准确地说，是在城堡东北部的一片茂密的松林中，栖息着一个庞大的乌鸦家族。这个大家族里有两百多只乌鸦，为首的是一只年长的老乌鸦——银斑。它是这个大家族中最有头脑、最强壮、最勇敢的一只乌鸦。

老乌鸦之所以被称为银斑，是因为在它身体右侧的眼睛和嘴巴之间，有一个银白色的斑点。令人惊讶的是，在银斑领导这个大家族期间，乌鸦的数量一直非常稳定，既没有大量增加，也没有大幅度减少。它们过着非常有序的生活。天气暖和的初冬，它们在尼亚加拉河畔安居乐业。严冬来临的时候，它们就在银斑的带领下，成群结队地飞到遥远的南部。然后，在每年二月份的最后一个星期，再从遥远的南方飞回来。

成语：“安居乐业”的意思指安定愉快地生活和劳动，这里形象地写出了乌鸦们在这段时间生活得无忧无虑。

乌鸦们喜欢曲线飞行，因为那样它们就可以欣赏更多的沿途风景。每年从南方回来之后，银斑都要带着庞大的鸦群飞回山上的巢穴，在那里度过六个星期左右的时光。每天早上银斑都会把家族成员分成三队，然后分别由各自的队长带着去觅食。第一队飞向西南部安大略湖的灰桥湾；第二队飞向北部的顿河附近；第三队，也是数量最多的一队，则由银斑亲自带领，飞往西北方向的山谷。清晨出发时，两百多只乌鸦纷纷从巢里飞出，像一大片黑云一样，非常壮观。它们扇动翅膀的声音，足以吓得山中的其他动物暂时停止活动。

比喻：把一大群乌鸦同时飞向空中的情形用“一大片黑云”来形容，生动地描绘出了当时壮观的场面。

夸张：这句话运用夸张修辞，将鸦群起飞的动静之大很好地表现了出来。

虽然每一队乌鸦的数量都非常巨大，有的甚至有上百只，但是却毫无混乱的迹象。一队中的每一只乌鸦，都有它固定的位置和使命。甚至连它们的行进路线，都不会轻易改变。

很多年来，这群乌鸦一直在山谷一带飞来飞去。风和日丽的时候，乌鸦们就在蔚蓝的高空中飞行。狂风乱舞的时候，它们就尽量压低飞行高度。虽然，随着人类掠夺自然资源脚步的加快，山谷两边的林地已经拔起了一幢幢高楼，山谷间也架起了高桥，可是乌鸦们却不肯放弃最初的飞行路线，坚持从这里飞过。为此，也平添了很多危险。

在乌鸦的世界里，它们也有着如人类一样的语言和社会体系，而且在某些方面做得可能比人类还要好。比如：当一队乌鸦正在低飞时，前面突然出现了“敌情”，领队的乌鸦就会向身后的鸦群叫一声，提醒大家注意安全，其他的乌鸦就会随着队长向高空飞行，或开始绕行；当乌鸦队长确认它们遇到了危险，但这危险它们又不可战胜时，就会连续大叫两声，命令队伍“赶紧撤退”，于是它带领的乌鸦就会秩序井然地飞回去；当乌鸦队长突然发现，凶恶的猎人正端着猎枪向它们瞄准时，就会连续发出四声短促有力的鸣叫，告诉大家“情况紧急，马上向四周散开”，这可是乌鸦的聪明之处。当一大片乌鸦乱乱地起飞时，杂乱的队形以及声音可能对敌人的视线和判断造成极大的干扰，从而在敌人短暂的犹豫中脱身；当发现红尾鹰一类的敌人时，领队的乌鸦会连叫五声，大家听到叫声马上进入战斗状态，准备围攻敌人或把它们赶跑。乌鸦具有极强的组织性和纪律性，每一只乌鸦都像一位训练有素的士兵，总是处于警觉状态，随时可以响应队长的命令，投入到保卫乌鸦种族的战斗中去。

阳光明媚的四月，万物复苏，这是个孕育生命的好季节。这时，乌鸦们不像以往那样早出晚归地去觅食了。它们开始繁忙起来，经常三三两两地聚在一起，你追我，我追你，在树枝间跳来跳去，偶尔兴起，还不忘炫耀一下自己最拿手的绝妙的飞行技艺。乌鸦们有一个最喜欢的动作：从树木的高处突然飞向另一只正在休息的乌鸦，在马上就要碰到那只乌鸦的时候，陡然转身，飞快地弹回空中，然后在空中某一个高度停顿数秒，翅膀急速扇动，发出打雷似的响声。有时，两只乌鸦中的一只会突然竖起羽毛，低着头向另一只靠近，嘴里发出哑哑的声音。而另一只则可能会假装不在意地整理自己的羽毛，有的会热烈地响应对方的动作，和那只乌鸦亲昵地在一起窃窃私语。它们这是在做什么呢？原来它们是在交朋友。一只乌鸦展示自己那双有力的翅膀和嘹亮的歌喉，另一只乌鸦则用扇翅喝彩，表示赞赏。彼此都有好感时，它们便一起幸福地飞到树林深处，给这个幽深的松林留下无尽的荒芜和寂寞。

> 动作描写：用各种形象的动作描写描画出了乌鸦追求异性朋友时的热热闹闹的样子。

> 动作描写：“竖起”“靠近”“整理”“窃窃私语”等一系列动作描写，形象生动地描摹出了乌鸦交朋友时的情态，情趣盎然。

· 写一写，练一练 ·

1）请写出下面词语的近义词。

温顺——（　　）　　勇敢——（　　）

2）用下列词语造句。

混乱——

假装——

第二章　多面头领——银斑

在茂密的树林中有一棵老松树，树顶上有一个废弃的鹰巢。这个鹰巢可真的是有些年头了，几乎多伦多所有的小孩儿都知道这个鹰巢。长年累月的风吹日晒，使这个原本看起来非常坚固的鹰巢已经千疮百孔、破败不堪了。

> 成语："千疮百孔"，这个成语把鹰巢经过长年的风吹日晒的样子形象地描绘了出来，表明鹰巢已经非常破旧了。

可是，那么长的岁月过去了，其他鹰巢都已经腐烂了，只有它仍旧孤独地守候在那里。除了猎人曾在鹰巢旁射死一只松鼠外，这里几乎找不到任何生命的迹象。

五月的一天早晨，天刚亮，树林里就来了一个客人，他是一位动物学家。他轻轻地走进树林。地上的落叶还很潮湿，踩上去一点儿声音都没有。大山中的一切似乎都在沉睡，四周一片沉寂。突然，一条黑色的尾巴从那个破旧的鹰巢中伸了出来，把这位客人吓了一跳。他怀疑自己看错了。然而，他揉了揉眼睛，定神儿

> 心理描写："怀疑""定神儿""确认"，通过一系列准确的心理活动描写，将动物学家复杂的心理变化过程清晰地描述了出来。

再次抬头向上望去的时候，才确认自己并没有眼花。可那是什么呢？他一时搞不明白。于是，他轻轻地拍了拍那棵大树。

“呼”，一个黑色的身影从鹰巢里飞了出来。现在，他终于看清楚了，那是一只乌鸦，它的眼睛和嘴巴之间，还有一个银白色的斑点。原来，住在这座古老的“城堡”里的就是乌鸦的头领——银斑，而且，不但是银斑，它的妻子也住在这里。乌鸦的头领居然住在这个看上去随时都可能坏掉的鹰巢里，这多少让人有点儿不敢相信，可这的确是真的。也许这正是它的聪明之处吧！它藏在这里，夜伏昼出，从来都没露出过半点儿痕迹。“越危险的地方越安全。”尽管每天都有捕猎乌鸦的人拿着枪在这个鹰巢下面经过，但谁也没有想到，他们最想捕到的乌鸦头领竟然就生活在他们的头顶上方。

银斑有一个特殊的爱好，并且乐在其中。是什么呢？让我们到河边看看就知道了。这天，银斑嘴里衔着一个白色的东西飞过了顿河谷，来到玫瑰峪溪口，停落在一棵老榆树下。它把那个白色的东西放在地上，机警地抬起头向四周望了望，确认很安全，才重新衔起来，一蹦一跳地蹚过溪水，来到岸边的羊蹄草和臭菘丛中。很快，它翻出一堆贝壳和其他一些闪闪发亮的东西。原来，它衔来的是一只贝壳。它把新衔来的贝壳和原来的那些宝贝一一衔到太阳底下，而后又把它们一个一个地放好。它时而卧在这些东西上面，仿佛把它们当成鸟蛋来孵化；时而又贪婪地望着它们，好像把它们当成了宝贝。

成语："心满意足"准确地描画出了银斑在把玩了自己的"宝贝"后心中非常满意的样子。

大约半个小时后，银斑心满意足了，它把这些小东西，包括那只新贝壳，用泥土和树叶掩盖起来，拍着翅膀飞走了。其实，银斑的这些宝贝，主要是一些白色的鹅卵石、蛤贝和罐头瓶盖，最值钱的也就数那个瓷杯把儿了。这些东西加起来应该可以装满一个小袋子了。银斑很重视这些人类看来毫无用处的宝贝，如果一旦它察觉有人发现或是动过，它很快就会把这些东西转移到别处。

这是银斑的爱好，也是乌鸦们普遍喜欢的一种行为。有时，你上山的时候，无意中踢开一处草丛，可能会意外发现里面竟然藏着一小堆的干果。那多半是乌鸦们的"宝藏"。有趣的是，有时乌鸦们把精心收集来的宝贝藏好后，自己却忘得一干二净了，那些东西只有长久地静静地躺在山谷中。

至于银斑为什么喜欢收集贝壳，就像一个男孩儿为什么要收集邮票，一个女孩儿为什么会酷爱珠宝一样，恐怕没有人能给出令所有人都满意的答案。不过，乌鸦的爱好或许和一个古老的传说有关。

相传，在远古时代，一场毁灭世界的洪水过后，游弋在海滩的一只乌鸦无意中发现了一个大大的贝壳，贝壳里面不时发出奇怪的声音。乌鸦很好奇，把贝壳拖到了陆地上。原来，贝壳里面躲着的就是当初的人类。于是，在乌鸦的帮助下，人们来到陆地上生活，但他们却全是男人。乌鸦又去海边找来一只巨大的石鳖，那下面藏着的又全是女人。乌鸦把他们领到了一起，鼓励他们相互交流，并给他们带来火种、三文鱼和杉木，教会他们捕猎和耕作，引导人类一天天地进化和发展。所以，后来人们称乌鸦为“神鸟”。

瞧，贝壳可是乌鸦祖先挽救人类的大功臣呢！这或许可以算是银斑为什么喜欢收藏贝壳的一种理由吧！

很多人都读过“乌鸦喝水”的故事，这说明乌鸦的智商确实是不低的。当然，银斑也不例外。有一次，它衔来一块大面包，可是当它在山谷的小溪边休息时，一不小心把面包掉在了水里，面包马上被奔流的溪水冲走了。当它飞过去想再次衔起来时，水却把面包冲进了一条长约一百八十米的水渠洞里。站在黑暗的水渠洞口，一开始它也不知道该怎么办。可是望着哗哗的流水，它很快就有了一个好主意。它拍着翅膀飞到水渠的另一头，静静地在溪水的出口等候。不一会儿，面包随着流水漂了出来。它一口衔起面包，快乐地拍着翅膀，满心欢喜地飞走了。

银斑是很有头领风范的，它从不在小事儿上纠缠。雀鹰曾经紧紧地抓住过它，不过这不足以对它造成伤害，银斑就像大人不屑与小孩儿计较一样，只是设法逃脱就罢了。必胜鸟也会时常来追赶它，它也毫不在意，只是机智地躲开这些烦人的坏家伙。

不过，有时银斑也会显得很残忍。它喜欢每天早上去附近的鸟巢溜达，一旦发现鸟蛋，不管是谁家的，它都会毫不客气地吃个精光。

·我的好词好句积累卡·

机警　精光　心满意足　风吹日晒

长年累月的风吹日晒，使这个原本看起来非常坚固的鹰巢已经千疮百孔、破败不堪了。

大山中的一切似乎都在沉睡，四周一片沉寂。

第三章　小乌鸦的成长历程

银斑居住的那个老鹰巢，外面看着很破旧，其实银斑和它的妻子每年都会修缮加固的。因为老鹰巢非常大，它们一家根本用不了，所以它们只修筑其中用得上的一小部分。它们先衔来些粗的干树枝交错着搭好，然后衔来泥土加固，最后在内壁铺垫一些细枝、草茎、棉麻纤维、兽毛或羽毛什么的，有时为了保温，还会垫一些干马粪。在这个温暖舒适的家里，妻子每年都会为银斑生五至七个小宝宝，并和银斑一起把小宝宝抚育长大。

每年六月底的时候，鸦群会重新进行编队。这时，当年新出生的小乌鸦们已经长高了，只是它们的羽翼还比较柔软，歌喉还显得有点儿稚嫩，而且都还拖着一条秃尾巴。乌鸦爸爸妈妈带着它们参加松林里的社群活动，那里是它们的堡垒和学校。在古老的松林中，小乌鸦们在枝繁叶茂的树上有着安全的住所，而在这里，它们开始了学业，学习生存和成长的各种各样的知识。

小乌鸦们要学习的，首先是怎样熟悉松林里的环境，认识鸦群中的每一个成员。过了两个星期，小乌鸦们要脱毛了。这时，老乌鸦们会比较紧张，情绪也会变得不稳定起来，有时甚至会发脾气。不过，这些是不会影响它们训练小乌鸦的。小乌鸦们也不想受到妈妈的数落和爸爸的责罚，所以学习都非常认真。

银斑不仅是一位优秀的头领，也是一位知识渊博的好老师。它有时会来给小乌鸦们上课。每当它来上课的时候，小乌鸦们就会全神贯注，一丝不苟。因为，银斑上课是很严厉的，当然，最重要的是它的课讲得非常精彩。它仿佛有永远讲不完的有趣故事，有永远道不尽的离奇经历，有永远值得小乌鸦们用心学习的知识。

排比：这句话连用了三个“有永远……”，构成了一个排比句式，将老乌鸦银斑的课为什么吸引小乌鸦一口气道了出来，很有气势，塑造了银斑知识渊博的形象。

这段时间，小乌鸦们的生活无忧无虑。它们早上进行队形训练，然后到学校学习文化知识。而剩下的时间，它们则随父母到外面去玩耍、嬉戏和学着寻找食物。

一晃三个月过去了，小乌鸦们已经发生了很大的变化。它们眼睛里天真幼稚的蓝色虹膜已经变成了成熟的深褐色。它们知道了什么样的铁线虫好吃，什么样的青玉米香甜；它们认识了捕鸟器，知道了猎枪对自己的巨大危害；它们还知道，老农妇与她15岁的儿子相比，老农妇的危险性要小得多。

此外，它们还学会了数数，有的小家伙甚至可以从1数到7呢！尽管和它们的头领银斑能数到30来比，还差得远。但是这对于小乌鸦们来说，已经很不容易了。

小家伙们现在能分辨出火药的气味，还知道怎样去骚扰狐狸，以让它丢下一半的食物给自己。当必胜鸟或紫燕来袭击时，它们知道飞快地躲入灌木丛中，因为它们现在还斗不过这些厉害的家伙。聚集在一起时，它们会争先恐后地开始梳理自己的羽毛，然后再比比谁最漂亮。这可不是完全没有用的活动。当它们长大后，这是它们交朋友必须有的本领呢。

成语："争先恐后"写出了小乌鸦们急于在同伴面前比美的心理和一群小乌鸦在一起聚集时的热闹景象。

现在，小乌鸦们掌握了很多知识，只有猎蛋这一课还没上过，因为现在还不到猎蛋的季节。另外，它们还不知道蛤贝是什么样子，还没有亲眼见过玉米是怎样抽芽的，而且它们也还没有到远处旅行过。不过，这一切对于它们来说都是迟早的事。

在九月里，不光是小乌鸦们有了很大的变化，老乌鸦们也会脱去身上的旧羽毛，长出新的羽毛，变得光鲜亮丽起来。小乌鸦们长大了，老乌鸦们没什么担心的了，它们的情绪恢复了，脾气逐渐降了下来，就连银斑这个最严厉的老师也变得格外开朗了。在它上课时，连以前正眼都不敢看它的最胆小的那只小乌鸦也敢跑到它身边大声地问话了。

银斑开始让小乌鸦们做长途飞行的准备了，它训练小乌鸦们记住并学习使用飞行过程中的命令语言。每天早上，银斑准时带着小乌鸦们出发。而小乌鸦们在训练场上也是精神头儿十足。不久，它们就演练得非常熟练了。

小乌鸦们一个个都已经成为勇敢的士兵了。这时，银斑就开始安排它们站岗放哨了。鸦群一般晚上会安排两个固定的哨兵来执勤，左右两边的高处各站一个。如果有敌人来袭击，哨兵就会向鸦群发出警报。

放哨看似是个再简单不过的事，可并不是每只乌鸦都能做得了。一只乌鸦，只有能长期地保持高度警惕，才能胜任这项工作。乌鸦哨兵还必须能一心二用，它们要一边觅食一边放哨。如果是人类，这样做一定会觉得非常辛苦，但对乌鸦来说，却并不是一件难事。

十一月份天气转冷的时候，银斑就带领着鸦群飞向遥远的南方，直到第二年春天才会再飞回来。

·写一写，练一练·

1）请写出下面词语的反义词。

破旧——（　　）　熟悉——（　　）

2）照样子写词语。

一丝不苟　一（　　）不（　　）　一（　　）不（　　）

一心二用　一（　　）二（　　）　一（　　）二（　　）

第四章　猫头鹰带来的厄运

对于乌鸦们来说，猫头鹰是它们的主要天敌之一，它们的一生都在与猫头鹰的周旋之中度过。然而在阳光明媚的白天，乌鸦们并不太在意猫头鹰。乌鸦是群居性动物，它们通常成群结队地生活在一起。而猫头鹰虽然凶残，却不太会依靠组织的力量，它们经常独来独往，是森林里的独行客。猫头鹰的视力在白天会严重下降，在强光照射下更是不敢睁大双眼。只有在漆黑的夜里，它们的眼睛才会闪出可怕的凶光，变得行动自如，迅捷异常。一个人再强大，也敌不过一个群体的力量。所以当猫头鹰在白天发现乌鸦时，它们也不敢轻易发起攻击。

夜幕降临后，猫头鹰神出鬼没，常常令乌鸦们防不胜防。它们在旷野中的嘶叫，也常常让乌鸦们做起可怕的噩梦。猫头鹰活动频繁的季节，乌鸦们晚上睡觉时都把头埋在翅膀里，提心吊胆，猫头鹰发出的任何一点儿声响都会让它们心惊胆战。这样的夜晚可真是痛苦啊！

成语："心惊胆战"生动地描写了乌鸦们对晚上猫头鹰偷袭的极度惊惧恐慌的心理，也反映出了乌鸦们生存环境的恶劣。

然而，天一亮，乌鸦们就会重新抖擞起精神。如果晚上它们受到了猫头鹰的袭击，或是白天发觉附近有猫头鹰的活动迹象，就会组织大队的乌鸦在方圆一公里以内的地方仔细搜查。一旦发现猫头鹰，乌鸦们就会狠狠地折磨它一番，然后把它赶得远远的。

一天早上，乌鸦们像往常一样飞出巢来活动。突然，在林间的小路上，它们发现了很多脚印，那是它们的好朋友，一只棉尾兔留下的。看样子，棉尾兔当时好像在被谁追着赶着拼命逃窜似的。那串脚印蜿蜒着伸向远方。在脚印的尽头是一小片空地，地上有一滩血迹。再往前，是一具棕色的兔子的尸体。是谁将棉尾兔杀害了呢？乌鸦们向周围观察，很快在地上发现了一个很大的脚趾印和几根棕色的羽毛。哼，原来凶手是可恶的猫头鹰！

猫头鹰停在离兔子尸体不到十米的一棵大松树上。它大概是受到乌鸦出动的惊扰，暂时躲了起来。它目露凶光，似乎仍然沉浸在自己追杀兔子的快意中。经验丰富的银斑，一眼就发现了藏在松树上的杀手，它立即哑哑地大叫了五声。于是，鸦群铺天盖地向猫头鹰冲去。猫头鹰一见情况不妙，咕咕怪叫着，狼狈地逃走了。

动词："沉浸"一词把猫头鹰追杀棉尾兔的贪婪和残忍传神地刻画出来，用词精妙。

然而，捕杀乌鸦是猫头鹰的本性，它们绝不会就此罢休的。

两天后的清晨，鸦群里响起了一阵痛苦的悲鸣。银斑的妻子早上起来发现丈夫不见了，慌忙飞出巢来寻找。结果它只在附近的地上找到了几片黑色的羽毛，那正是它的伟大的丈夫身上的。顺着羽毛飘来的方向，没多远，它发现了一具血肉模糊的乌鸦尸体。在尸体的旁边，还有许多那种可怕的大脚印。原来，天快亮的时候，一只可恶的猫头鹰发现了银斑的家，刚想偷袭的时候，被警觉的银斑发现了。为了保护妻子，它迅速把敌人引开了。然而，多年的斗敌经验，这次并没有帮它逃过厄运。它们之间展开了一次殊死搏斗。最终，银斑没有斗过凶猛的猫头鹰，不幸惨死在它的利爪下了。

银斑的妻子伤心极了，它离开了鸦群，没有谁知道它去了哪里。鸦群没有了领袖，数量开始不断减少了。树顶上的那个老鹰巢日渐残破，也许过不了多久，它就会随着鸦群在这个世界上永远地消失了。

·我的好词好句积累卡·

蜿蜒　周旋　成群结队　防不胜防

一个人再强大，也敌不过一个群体的力量。

它们经常独来独往，是森林里的独行客。

小战马

第一章　小战马智斗猎狗

有一只住在原野上的小兔子，它非常活泼也非常勇敢，并且跑起来的时候特别快，就像飞奔在战场上的小战马，所以，大家都叫它“小战马”。

在离原野不远的地方有一个小镇，镇上的孩子非常喜欢小战马。除此之外，镇上的那些狗也都知道小战马。而小战马也清楚地知道镇上每一条狗的脾气，并且学会了如何去摆脱那些狗的追踪。现在就让我们来看看小战马是如何和那些狗“战斗”的吧！

有一条深灰色的大狗，因为体形很大，小战马对付它的时候就从篱笆下面的大洞那里钻过去。这样，篱笆挡住了大狗，小战马就顺利逃脱了。

当遇到个头儿较小的狗的时候，小战马也有很好的办法。因为个头儿较小的狗是可以从篱笆下面的大洞那里钻过去的，所以，小战马就换了另外一种应对方式。那就是越过一条六米多宽并且水流很急的灌溉渠，这就让那些个头儿较小的狗只能望尘莫及了。为此，这个地方就成

成语：“望尘莫及”将个头儿较小的狗想追又追不上小战马的无可奈何形象生动地刻画了出来。

了孩子们口中的“小战马的飞跃处”！

可是，任何动物都有自己的天敌。小战马特别害怕一条大黑猎狗，因为这条大黑猎狗可以很轻松地跳到篱笆的另一边，这让小战马感到很恐惧，每次只能躲藏在橘子篱笆里面。

有的时候，小战马还会遇到一些猫和会放臭气的鼬鼠。最让小战马厌恶的是鼬鼠放出来的恶臭气体。所以每次遇到鼬鼠的时候，小战马就会不由自主地感到“好臭啊，好臭啊”，不得不迅速地逃离。

遇到猫的时候，小战马总是先静静地趴伏在草丛中，等猫靠近，就从草丛中突然跳出来，直接扑向来犯的猫，小战马的这个对策使得它每次都能战胜对手。这种应对方式使得小战马感到骄傲和自豪。只有一次，小战马正悠闲地散步，突然对面走过来一只带着小猫咪的母猫，那些小猫咪一见到小战马，就马上躲到了母猫的后面。母猫也很惊恐，但为了保护自己的小宝宝们，母猫“喵喵”地叫着就朝小战马猛扑过来。小战马迅速地闪开，灵活地躲过了母猫的爪子，这次经历让小战马一想起来，就浑身发抖。

动作描写：通过一系列具体的动词将小战马遇到猫时的样子生动、准确地描摹了出来。

小战马为了躲避敌人，一般选择在晚上比较安全的时候出来找食物。可有个冬天的早晨，它的肚子饿得“咕咕”叫，于是无精打采地离开了洞穴。原野上好吃的东西实在太多了！小战马一成语："迫不及待"，生动地写出了小战马在饥肠辘辘的时候，见到了很多好吃的东西时那种一时一刻也不能等下去的迫切心理。

到原野上，就迫不及待地开始吃起来。正当小战马吃得饱饱的想回家的时候，一只猎犬朝它扑过来。"这狗一定是饿极了，我要赶快逃跑……"小战马来不及多想，立刻转身飞奔起来，可是因为刚刚吃饱，身体很笨拙，看起来有点儿像一头缓慢散步的大象。而饥饿的猎犬急于填饱自己的肚子，也用尽全身的力量奔跑着，步步紧逼地追着小战马，边跑还边想："我要吃掉你！"

小战马在前面已经跑得气喘吁吁了，可是猎犬却始终没有放弃的意思。小战马一边跑一边想："我跑不动了，怎么办呢？这下完了……"突然之间，小战马的速度又快了起来，并且改变了原来的方向，由北边很远处的树丛，折向了东边那片空旷的草原。这到底是怎么回事啊？

·我的好词好句积累卡·

悠闲　无精打采　步步紧逼　望尘莫及

小战马一到原野上，就迫不及待地开始吃起来。

因为刚刚吃饱，身体很笨拙，看起来有点儿像一头缓慢散步的大象。

第二章　小战马的成长史

小战马之所以会改变原来的奔跑方向，是因为它想到了一个可以摆脱掉猎犬的办法。在草原上的一户住家的院墙上有一个小洞，那里正好可以脱身。小战马终于跑到了那户住家的院墙下，此时，猎犬马上就要追上它了。就在猎犬向它靠近的时候，小战马来了一个急转弯，并且迅速地跑进院墙下的洞口躲了起来，心里还想着："甩掉了，终于把那只可恶的猎犬甩掉了。"

正在这时，鸡窝里的母鸡们"咯咯咯咯"地乱叫起来，原来是那只猎犬纵身越过了栅栏。

猎犬四处张望，想尽快找到小战马。小战马一声也不敢出，很是担心被猎犬发现。正当这个时候，看家的可怕黑狗看见一只猎犬闯进鸡群，立刻"汪汪汪"地叫着朝猎犬扑去。猎犬想逃脱已经来不及了。两只大狗嚎叫着厮杀起来。从此，那只猎犬再也没有出现在草原上，想必是成了大黑狗的手下败将了。

小战马就是这样一次又一次地躲过敌人的追击的。小战马的聪明、奔跑的速度让草原上的动物们羡慕不已。小战

动词："羡慕"从侧面写出了小战马的聪明和奔跑速度之快。

马是如何练就这一身本领的呢？让我们来看看它成长的历史吧！

很久以前，这里还没有人类生存的时候，和小战马一起生活的长耳野兔就有很多的敌人需要对付和躲避。比如，狐狸、狼、鹰等，甚至一只小蚊子都能给兔子们带来极大的威胁。当然天气的寒冷和酷热，也使得野兔的数量越来越少。

等到人们定居以后，野兔们的敌人就更多了，因为很多定居下来的人都养狗养猫，这些狗和猫就自然成了野兔们的敌人。当然，人们的定居也给野兔们带来很多好处。比如，人们为了保护家畜，打死了很多的野狼、狐狸、鹰等动物，这样野兔的数量就增多了。然而不幸的事情随后发生，瘟疫开始传播，这使得野兔们几乎遭受灭顶之灾。瘟疫过后只有一部分强壮的长耳野兔顽强地活了下来。在面对各种敌人的过程中，长耳野兔奔跑的速度越来越快。

成语："灭顶之灾"言简意赅地写出了瘟疫对野兔的危害非常大，用词准确、贴切。

可是野狗们为了能够追到野兔，使野兔成为自己的美味，就发明了一种接力追逐的方法。野狗们先分别埋伏在野兔们逃跑可能经过的路线上，然后轮流追逐野兔，直到把野兔累趴下后抓到为止。而如果长耳野兔又想钻到灌木丛中去，野狗们就两面夹攻。这种方法使得野兔们很是苦恼。野兔们一边拼命逃跑，一边想办法努力摆脱第一只野狗的追逐。在这个过程中，活下来的当然都是奔跑速度快而且头脑相当聪明的野兔了。

小战马就是这种野兔的后代，所以大家也就知道小战马为什么这么聪明了吧！

更为关键的是，小战马在遭遇敌人袭击的时候并不害怕，而是迎难而上。比如说吧，有一次，小战马被一只小狗追赶，形势很危急，但小战马并不慌张，而是带着小狗跑向了旷野中正在吃草的牛群。牛群里的牛一开始并没有注意到一只小兔子的闯入，但小狗的叫声却使得牛儿们很恼火。小狗一闯进来就四处乱撞，寻找着它的目标，它旁若无人的叫声让牛儿们很是气愤，于是一起冲向小狗，用头上的角向小狗示威，终于使小狗无力招架，逃离了牛群，从而小战马就再一次安全了。

小战马在成长的过程中，让我们感到最欣喜的就是它的毛色越来越漂亮，耳朵背面是醒目的纯白色，在耳尖上有一点儿墨绿色，四条腿是白色的，尾巴是黑色的，在白色屁股的衬托下，就像是一片白色之中的一个小黑点。

外貌描写：通过写耳朵、腿、尾巴、屁股上的毛色，将小战马与众不同的样子写了出来，非常形象。

这也是小战马与众不同的地方。让我们更为惊讶的是，它不奔跑时耳朵也垂下来，坐下的时候，尾巴藏在了屁股下面，就一点儿也看不到黑色和白色，看到的只是像缎子一样的灰色了。小战马皮毛的灰色使得它匍匐在草丛中的时候，能与周围的环境相融合，不容易被敌人发现。这种颜色能很好地帮它隐蔽，所以，我们就称之为“保护色”。

·写一写，练一练·

1）请写出下面词语的近义词。

迅速——（　　）　　漂亮——（　　）

2）给下列加点字注音。

嚎叫（　　）　　　　厮杀（　　）

第三章　喜欢挑战的小战马

小战马的身上除了被称为“保护色”的灰色外，还有黑色和白色。而黑色和白色是很容易被人发现的，这就给小战马带来不少麻烦。但世界上的事情没有绝对的好和坏，小战马身上的黑白色并不只是添乱，它还有很特别的妙用。当小战马奔跑起来的时候，身上的黑色和白色就会让敌人很容易发现自己，但更为重要的作用则是亮明自己的身份：我是小战马！小战马为什么会如此得意呢？这主要是因为小战马的奔跑速度实在太快。那身上的黑白色仿佛在向敌人炫耀：“你们是没有办法追上我的，因为我是跑得最快的，不信的话，我们就来比赛吧！”

有些野狗和狐狸也曾追过小战马，但每次它们都是无功而返。慢慢地，大家都知道了那只黑白兔子，也都知道了那不是一场好玩的追逐。是的，当小战马刚开始出现的时候，你看到的是一只长耳朵兔，呈黑白色，个头儿大大的！等到比赛开始的时候，它跑起来特别快，转瞬间你看到的就不是一只兔子，而是一个小白点，那小白点也会随着时间的推移，越来越小，直到消失！

> 语言描写：诙谐的语言将其他动物无论如何都追不上小战马的无可奈何写了出来。

“怎么追也追不上，野兔有很多的，没有必要死追一只兔子的，还不如去追别的兔子呢！”大家都这样说。就这样，小战马显示身上的黑白色反倒成了一种安全的方式。

在这种情况下，很多动物都不再去追小战马了。没有敌人来追，小战马反而觉得生活没有意思了。于是，它有时反倒会自己去寻找被别人追逐的机会来增加生活的乐趣，同时达到锻炼自己的目的。

离小镇火车站不远的地方有一个小村落，这个小村落以种植蔬菜为主，而以它为中心的方圆五十公里，就是野兔们的家。野兔们在属于自己区域内的土地上的灌木丛和草丛中，东一个西一个地挖了不少洞穴，把它们当做自己的窝。这些窝里一般都只有一些枯草，或者几片干枯的树叶，其他什么装饰也没有。可是野兔们住在里面却感觉相当舒服，因为这些洞穴都是不一样的，它们各有各的用处。炎热的天气里住的洞穴空气非常流通，住在里面如同乘凉；寒冷的天气里住的洞穴往往在地底下，这样就避免了像地面一样寒冷；还有下雨天时候专用的洞穴，它的洞口总是覆盖着厚厚的草，这样雨水就不会渗漏到洞穴里来，聪明的野兔们就用这样的方式让自己的洞穴总是保持干燥。在村落里的农场和农场的中间，有一些篱笆

> 排比：形象地写出了野兔们居住的舒适状态，同时也反衬出了野兔们非常聪明。

是灌木丛自然形成的，而在这个基础上近来又增添了一种叫做铁丝网的东西。这个地方让野兔们认为是最安全的地方，因为灌木丛和铁丝网给可能到来的敌人增加了奔跑途中的危险，而且，也便于野兔们迅速地躲起来。而那些舒适的洞穴使得野兔们从不在白天离开洞穴，而到了晚上的时候，野兔们便纷纷跑出洞穴去寻找食物，或者和自己的伙伴就在皎洁的月光下像顽皮的小狗一样尽情地欢闹、奔跑。

聪明的野兔是不会轻易离开自己的生活区域的，因为野兔认为陌生的环境可能充满了危险。可小战马却非常喜欢挑战这种危险，你瞧，它为了找到最好的食物，就在蔬菜地的中央做了一个窝。尽管这种做法是非常危险的，但是因为这里可以找到很多的美食，并且还可以获得很多其他的快乐，而这快乐的感觉是在别的地方不会找到的。实际上，小战马并不常住在蔬菜地里，蔬菜地里的窝只是用来小住的。就算是有危险，小战马想逃跑也不是很难的事情，因为只要钻出篱笆上的那些小洞，它就可以逃之夭夭了！尽管这里非常危险，但是小战马就在这一片充满危险的蔬菜地里舒适地生活着，自得其乐。

成语：“自得其乐”生动地描绘出了小战马生活在危险的菜地中，并从中得到乐趣和享受这种乐趣的生活情景。

·我的好词好句积累卡·

炫耀　追逐　锻炼　皎洁　无功而返

世界上的事情没有绝对的好和坏。

转瞬间你看到的就不是一只兔子，而是一个小白点，那小白点也会随着时间的推移，越来越小，直到消失！

第四章　一次持久的追踪

我们再来说说另一个城镇上发生的故事吧！这是一个没有任何特点的小城镇，坐落在与村落相连的那一片平原处。在小镇街道的尽头，我们可以看到农舍和风车，可以看到一排排用橘子树做的篱笆，还可以看到灰绿色的叶子当中点缀着一些金黄色的果实，这些景色像极了大草原！

景物描写：通过对“农舍”“风车”“树篱笆”“果实”的描写，具体真实地展现了小镇的风貌。同时，它还为下文小战马在菜地里生活以及这里兔子繁衍成灾作了铺垫。

这样的市镇虽然看起来人来人往的，但这些人大多数都是过客，因为没有人愿意在这里常待。之所以说小镇没有任何特色是因为它既没有美丽的景色，也没有一点儿曲线，甚至让人看上去有一种脏脏的感觉，使人心里很不舒服。走遍整个小镇，唯一让人感觉可爱而富有生气的地方，就只有街道旁的人工栽种的一排绿化树。

人们采用木板和柏油纸，通过简单的搭建，就形成了这个小镇上人们现在居住的房子。另外，我们还可以看到类似两层楼房的房子，这些房子不过是作了刻意装饰而已。实际这样看起来的感觉，仍然不是清爽，而是充满了俗气。

从房子的建筑来看，这些房子都只是一些供人们临时居住的地方而已。因此，这里居住的人们是不会在这里长久居住的，最多住一两年。如果非要在这里找出一个可以说得上魅力的地方，那就是镇上的那几座粗糙却相当牢固的谷仓了。

冬天快要过完的时候，有一天，一位旅客来到了小镇上。他走遍小镇的感觉就是枯燥乏味，没有发现任何新奇刺激的玩意儿。他渴望有所发现，于是就走出市镇，到了小镇边的草原上，他想到这个铺满了白雪的草原上稍微透透气。最后，他看到许多狗和长耳野兔的脚印杂乱地印在雪地上！

旅客很奇怪，就向过路人打听："请问，这镇上是不是有野兔出没呢？"

"我从来没有看到过野兔啊！难道这个地方真的会有野兔吗？"过路人说。

正在这个时候，一个小男孩儿跑了过来，手里还抱着一捆报纸，他边走边说："怎么没有野兔，有的，在离这里不远的草原上就有的，难道你没有见过吗？为什么不亲自去看一看呢？其中有一个特别值得大家注意，就是那只有黑有白的斑点如棋盘似的那只啊！在蔬菜地里最容易发现它的踪迹了！"

小男孩儿的话刚说完，陌生的旅客就开始向草原走去了，他一边走还一边想："我要是能找到野兔就太好了！"

现在是冬天，并且正刮着阴冷的风，所以，陌生的旅客并没有在蔬菜地里发现小战马的行踪，于是他把目标锁定在与蔬菜地相反的窝里。当陌生人走过来的时候，小战马已经发现了他并且为此做好了准备，它的打算就是，躲藏在窝里不动，等到这个人离开之后，自己再出去。

可事情与小战马所预料的正好相反，陌生人突然改变了路线，直接向小战马待的地方走了过来。小战马一看情况不妙，马上从窝里跳了出来，开始在铺满白雪的平原上奔跑起来。野兔们在奔跑的过程中，都会用一种“侦察跳”的动作，就是在每跳五六下之后来一次观察跳跃——高高地向上跳跃，目的是观察四周，了解情况。一般的兔子可能每跳四次就要来一次“观察跳”，这很浪费时间和体力。可是小战马往前奔跑的时候，每跳十二次才来一次“观察跳”，而且它的这一跳，跳得特别高，一下就能将远远近近需要了解的情况掌握。

小战马每次向前跳跃能够达到三四米的距离，这个距离对于一只野兔来说已经够远了！这当然是小战马最与众不同的能力。值得关注的是，小战马的尾巴在跳跃的时候会留下明显的印记，这印记在雪地上看起来长长的，非常清晰。当然，从这印记上，我们也可以很容易地判断出其主人是谁。这样的跳法，也使得它在雪地上留下的脚印与其他野兔留下的脚印不同。

成语:“与众不同”准确地写出了小战马跳跃的能力远远超过其他野兔。

兔子因为怕狗，所以当有人带着猎狗的时候，兔子们总是很担心的。可是当人们不带猎狗的时候，兔子们往往就会放松警惕，从而掉以轻心。小战马就曾有过这样一次经历。

有一次，小战马看到一个没有带猎狗的人站在远远的地方，它就认为没有什么问题了，不用着急逃跑。可是，自己却被什么东西“砰”地一下打倒在地。那可真是一次惨痛的教训啊！所以，这一次，当这个陌生人还离自己很远的时候，小战马就开始全力地逃跑了。小战马还有另外一个逃生的办法就是窝在树篱笆的后面。小战马快速地跑了过去，它先踮起脚来观察了一下，然后才钻进自己的窝开始休息。然而不过二十分钟，当小战马把自己的长耳朵紧紧贴在地面上的时候，它又听到了越来越近的“咔嚓、咔嚓”的脚步声！小战马猛地抬起身子，只见一个人向自己的洞穴走了过来，而且越来越近，他的手里还拿着一个长长的亮亮的东西。

动词：一个“蹿”字，准确地写出了小战马灵敏的反应和动作的迅捷。

小战马立刻从自己的窝里蹿了出去。为了防止暴露自己，一路上小战马都没有用“观察跳”，直到钻过了铁丝网，跑到了对面，才跳起来看了一下，发现那个人并没有注意到自己，那个人似乎只是留心雪地上的脚印。小战马终于放下心来，它伏下身子直直地向前跑了一段路后，又沿着树篱笆跑了一会儿，再折回去跑了一遍，然后才改变方向，向自己的另一个窝跑去。真紧张啊！它打算好好儿歇一歇。可是，还没等它把窝捂暖和，洞外面又传来了那让人不安的“咔嚓、咔嚓”声。它只得再次从窝里跑了出去。跑了一段路程之后，它立起身来，看见那个人还在根据雪地上的印迹追踪自己。没办法，小战马只得猛地跑出很远，接着又随意地在雪地上留下一些乱糟糟的足迹，然后从其他地方折回，再钻进附近的窝里。

“这下总该没有问题了吧？能彻底摆脱这个讨厌的人了吧？”小战马心里想。想着想着，小战马的意识模糊起来。

当小战马听到洞穴外“咔嚓、咔嚓”的声音时，它一下就清醒了！它清楚地知道自己将要面临一场灾难。这次，它非常镇静地待在洞穴里，并且仔细观察着周围的环境。终于，脚步声在慢下来之后又渐渐地远了。而小战马趁陌生人不注意的时候，从窝里跳了出来，开始逃跑，方向恰好与陌生人相反。多么聪明的小战马啊！

拟声词：“咔嚓、咔嚓”的声音反复地响起三次，表明小战马这次遇到了一个锲而不舍的追踪者。这将当时小战马处境的危险生动地描写了出来。

·写一写，练一练·

1）请写出下面词语的近义词。

舒服——（　　）　　容易——（　　）

2）给下列加点字注音。

橘子（　　）　　装饰（　　）

第五章　在围剿中不幸落难

心理描写：一边跑一边想"我该怎么办"，准确地写出小战马遇到一个三番五次都没有摆脱的追踪者时紧张慌乱的心理活动。

"快跑，快跑，我该怎么办？"小战马边跑边想。这次的敌人与以前任何一次都是不一样的，因为他太有耐心了。

小战马已经跑遍自己所有的洞穴之后，还是没有摆脱那个人。现在要想逃脱那个人的追捕，就只能去有着那只大黑狗的农舍了。小战马利用自己的聪明才智，曾在那里狠狠地教训了那只在郊外流浪的猎犬。它还记得，那户农家有着高高的院墙，以及篱笆上自己可以自由出入、可以藏身的洞。

想到目前这个唯一的去处，小战马便马上穿过雪地，直接向农家的院墙跑去。是呀，上一次不就是钻过鸡洞，跑到院子里，才躲过那只猎犬的吗？

"天啊！难道我真的要遭遇劫难吗？"当小战马看到院墙上的那个洞，那个曾帮它逃过一劫的洞已经被堵死的时候，不禁倒吸了一口凉气。急中生智，小战马冒险地选择了向农家的栅栏门跑去。栅栏的门是开着的，几只母鸡正在院子里最暖和的角落里蹲着晒太阳。而这户农家的猫正悄无声息地从谷仓向厨房跑去。小战马悄悄地从栅栏门溜了进去，谁知刚一进门，那些多事的母鸡们就“咯咯咯”地叫了起来。此时追踪小战马的那个人正从远处的陡坡上走了下来。

那只可怕的大黑狗本来正躺在院子里面的几块木板上睡觉，当它听到鸡叫的时候一下子就站了起来。小战马立刻感到了自身的危险，它无处可逃，赶紧收紧身体，利用自己的毛色把自己伪装成一块灰土色的疙瘩。大黑狗正一步一步地向小战马走来，小战马在心里祈祷着：“拜托，拜托，千万别发现我啊！”就在这个时候，那只猫朝窗台跳了过去，一不小心弄翻了窗台上的一个花盆，“哗啦”一声，吓坏了自己，也惊动了大黑狗。见情势不妙，猫马上从窗台上跳下来，朝谷仓跑去，大黑狗立刻从后面追了过去。

动词：“祈祷”传神地写出了小战马内心焦急的心理状态。

小战马在大黑狗和猫离开之后，确定自己没有危险的时候，转身跑到了院墙外的空地上，正在它以为自己逃脱的时候，那个人已经朝农家追踪了过来！偏偏等那个人一进入院子，屋里的女主人就把猫救了。当大黑狗扑向陌生人的时候，一看到陌生人的手里是拿着棍子的，就又重新趴在了那些木板上。这场追逐就真正宣告结束。毫无疑问小战马获得了胜利，因为它摆脱了这个讨厌的追踪者。

可是，让人意想不到的是，那个陌生人非常坚持，好像一定要找到小战马。第二天特别早的时候，陌生人就又来到雪地上找寻小战马了！尽管他从尾巴的痕迹和跳跃的距离与习惯上找到了小战马的脚印，但始终没有见到小战马，而在小战马的脚印边出现的野兔脚印，则说明两者之间是嬉戏过的，甚至曾经一起觅食、一起休息，走到哪里都没有分开过，但这只能是想象和猜测而已。有人说留下脚印的是小战马和它的妻子，但是陌生人始终没有收获。

转眼，第二年的夏天到了。夏天是最适合长耳野兔生长的季节，但今年的夏天野兔们却要面临灭顶之灾了。因为长期以来人们大量猎杀鹰隼、土狼、野狗这些野兔的天敌，使得野兔大量繁殖起来，自然界的生态平衡被打破了，人们的生活也受到了威胁。最后，人们决定进行一次大规模的围剿野兔的行动。

形容词："地毯式"写出了人们的这次搜索具有规模大，范围和幅度广，探索细致等特点，言简意赅地描绘出了人们搜索野兔的情形。

这个地区的居民在一天早晨集中起来，开始对野兔进行地毯式的搜索。人们排成一排，尽量地发出响声，一边前进一边用工具敲打着身边的灌木和草丛。不一会儿，很多躲藏在里面的野兔跑了出来。野兔们一露面，马上就遭到一阵猛烈的石块袭击，野兔很快就被砸倒了很多。人们的队伍继续向前推进，野兔们拼命地逃跑。人们开始从两面围攻野兔，而当包围圈越来越小的时候，野兔就显得非常的焦急和恐慌，很想逃脱，却无处可逃！很多野兔由于过于接近扫荡队伍，立刻就被捕杀了。那些还没有被捕杀、东逃西窜的兔子，渐渐地也被赶进了铁丝网形成的栅栏里面。小战马拼命地逃命，结果反倒成了第一批陷入铁丝网里的野兔之一。

·我的好词好句积累卡·

收获　悄无声息　意想不到　东逃西窜

当小战马看到院墙上的那个洞，曾帮它逃过一劫的洞已经被堵死的时候，不禁倒吸了一口凉气。

那只猫朝窗台跳了过去，一不小心弄翻了窗台上的一个花盆，“哗啦”一声，吓坏了自己，也惊动了大黑狗。

第六章　野兔们的赛前训练

小战马的名字到底是怎么来的呢？不要着急，我们先来说说比赛吧！

为了比赛的需要，人们常常会到野外利用铁丝网捕获长耳野兔。比如这次，陷入铁丝网的长耳野兔总共有四五千只，其中那些老弱病残的野兔立刻就被杀掉了，最后只有五百只健壮的野兔被留了下来。人们为能捕获到健壮的兔子做了充分的准备，早早地在铁丝网栅栏里留下了至少五百个的小木箱，每个木箱的大小足够装上一只长耳野兔。那些跑得又快又聪明的野兔被赶进铁丝网后，乱转一会儿后就会立刻跑到一个小木箱里躲起来。人们就是用这种办法，不费什么劲儿就选择出了野兔中的佼佼者，这其中自然就有小战马。

这些选择出来的优秀野兔当天就被装上了火车，接下来它们会被送去用来赛狗的竞技场。刚到竞技场的时候，一般不安排野兔们赛跑，而是让它们好好儿地休息一天。当然为了比赛的需要，竞技场里的管理人员会给野兔们提供充足的食物，还派专人负责看守。当野兔们感觉到周到的照顾，心里不再产生抱怨时，它们就会被放出小箱子，集中到一个很大的笼子里。

第二天，野兔们就开始了残酷的训练。竞技场里有一二十个小的门洞，它们都能通向大广场。每次，野兔们都要通过门洞被赶到大广场上去。等所有的野兔都到了大广场，人们便开始大喊大叫地追赶野兔，直到它们全部通过门洞回到之前来的小场地里去。这样训练了几天之后，长耳野兔们渐渐明白了，当被追逐的时候，只有通过门洞，跑回小场地，人们的追逐才会停止。

形容词："残酷"贴切地写出了人们对野兔的训练的残忍和无情。

接着，开始第二阶段的训练。当野兔被赶到竞技场上后，狗也被放了进去，然后人和狗就开始追它们。疯狂的追逐使得野兔们争先恐后地横穿过空旷的竞技场，当野兔们到了安全地带以后，人和狗才停止追逐。在追赶的过程中，很多长耳野兔还以为跟在平原上一样呢，它们一边跑一边还习惯地做着徒劳无益的“观察跳”。只有一只长有黑白毛色的长耳野兔最特别，它好像一开始就知道“观察跳”无法使自己脱身，所以从来没有做过这种浪费时间的动作。每次，它都是趴伏着身体跑在所有野兔的前面，脚步特别轻快，就像风一样掠过广场，人和狗，包括其他野兔，都被它远远地甩在后面。

比喻：形象和略带夸张的比喻，生动地写出了小战马奔跑的速度之快，动作之轻盈。

在一次训练的时候，一个小马夫发现了这只长耳野兔，他语言描写：小马夫的话生动地道出了小战马跑得快的特点，语言描写简洁、恰到好处。

特别惊讶，马上把它指给身边的人看：“瞧，那只野兔，它跑得多么快，多像一匹小战马呀！”

从这以后，小战马的名字被传播开去，被越来越多的人知道了。

这样的训练持续了一个星期，所有的野兔都学会了第二个阶段的训练项目，只要把它们放到大广场上，它们就会拼命地跑向安全地带。

而在这个过程中，人们渐渐地都对小战马熟悉了。因此，话题就开始围绕狗兔比赛的事情展开。人们的态度大致就是两种，有些人说：“小战马跑得再快，也不可能跑得过我养的那条赛狗，我的狗肯定能逮着它！”而更多的人则认为小战马能战胜狗，甚至是那些有点儿名气的赛狗。

等到一天天地看完野兔的训练之后，越来越多的人认为，小战马会是一个很棒的赛跑高手，它一定会战胜那些哪怕是最优秀的赛狗，而且一定会赢得很漂亮。

·写一写，练一练·

1）写出下列词语的反义词。

安全——（　　）　　轻快——（　　）

2）用下列词语造句。

熟悉——

惊讶——

第七章　比赛场下的幕后交易

和野兔们赛跑的是一种猎犬，它们有着强健的腿、细长的脖子、线条优美的身段、腭骨修长的脑袋，以及露出冷冷凶光的眼睛。人们在这种猎犬身上下了很大的赌注，因为这种猎犬就好像是天生的奔跑机器，奔跑的速度非常快。这种猎犬的饲养者平时像宝贝一样保护着它们，像对待小孩子一样地照顾着它们，从来不让陌生人靠近。

> 比喻："天生的奔跑机器"形象地写出了这种猎犬天生就非常擅长奔跑的特点。

往常的时候，这些猎犬按等级被分成两只一组进行淘汰赛。然后获胜的狗与其他组获胜的狗重新进行编组，再一一进行对决。最后获胜的狗就是当年的冠军。

今年的比赛规则是，比赛一开始通过门洞就从栅栏里赶出一只野兔，让野兔跑向中间空旷的场地，等野兔跑出去一段距离后，再同时放出两只猎犬。赛场上的野兔因为经过了一段时间的训练，所以，一旦被放入场地，就会像之前训练的时候一样拼命地奔跑，而猎犬则会穷追不舍。

怎么才能够决定双方的胜负呢？我们可以看到在赛场上除了猎犬和野兔之外，还有一个身穿红色衣服骑着马在赛场上对赛狗追逐不舍的人，那就是裁判。裁判会根据比赛的规则来决定谁是赢家。比赛的规则到底是什么呢？那就是在比赛中如果野兔为躲避猎犬的追逐而改变奔跑的方向，那么每改变一次，野兔就会丢掉一分，而猎犬相应也就得到了一分。而只有猎犬逮住并捕杀掉野兔，比赛才会以猎犬的胜利而告终。

一般情况下，猎犬可以不用太费劲儿地奔跑便可以杀死野兔，当然也有一些时候，野兔也能在奔跑很久之后来一个迂回跑进安全地带。其实我们不难想象，比赛到最后，无外乎是猎犬以很快的速度追上并且捕杀掉野兔，再有就是野兔能够很幸运地逃脱猎犬的追捕，进入安全地带，保住自己的性命。还有一种可能，那就是中途更换猎犬。而最为残忍和不公平的是如果野兔漫无目的地乱跑一气，既没有被猎犬抓到，也没有跑进安全地带，那么等待它的就是随后为它而准备的猎枪。

成语："漫无目的"把"不听话"的兔子的行为生动形象地写了出来。

因为比赛当中所存在的一些极为不公平的地方，赛场上就特别需要那些能为大家所信任的裁判、训练员和放狗人员。在竞技场上，大家比较信任的放狗人是斯里曼。他性情直率、为人公正，曾经很多次拒绝别人的金钱贿赂。

有些人就专门将此作为投机取巧的途径。比如，有一次比赛开始的前一天，有一个人就刻意找到发令员米克，并且刻意递给米克一支雪茄。这支雪茄的外面包了一张钞票。当然米克接过烟后是不会直接点燃的，而是先把包在雪茄的外面的钞票揭下来放进自己的口袋。

当你看到赛场上那个戴满钻饰的男人的时候，你就知道了是谁在贿赂米克。当然这样的贿赂是有条件的，那个戴满钻饰的男人要求米克在比赛的时候让去年的那只冠军狗输掉，同时还告诉米克如果按他说的做了，则会再次得到一支这样的雪茄。

为了达到自己的目的，那个戴满钻饰的男人想出来一个办法，那就是迫使赛场经理让米克参与其中，因为这次比赛本来赛场经理是打算让大家比较认可的斯里曼负责比赛场地的。那个戴满钻饰的男人就找到经理，说斯里曼在搞手脚，到处都是风言风语的。尽管赛场经理不大相信，但是让一个有争议的人来担任发令员终究是不太合适，所以，发令员理所当然地换成了米克。

成语："风言风语"言简意赅地将"戴满钻饰的男人"捏造事实，从而达到自己目的的险恶用心写了出来，用词准确，贴切。

米克手头比较紧，而发令员这个工作，可以在一分钟之内弄到大致相当于一年的薪酬。他甚至宽慰自己，在放兔子和狗的时候只要不伤害到两者就可以了，至于先放哪只和后放哪只是没有任何关系的。野兔们都长得差不多，其中最为关键的就是选哪一只野兔。

在这样的想法下，米克满不在意地耍起了手段。我们不得不佩服米克的高明，一直到初赛结束，他的所作所为也没有引起大家的注意和不满，更没有人看出破绽。到预赛结束的时候，人们还都觉得他的每一次放狗任务都是很公正的。这让赛场经理很满意，并决定决赛还由米克来担任发令员。当然啦，这让那个戴满钻饰的男人也极为满意。

· 我的好词好句积累卡 ·

幸运　直率　投机取巧　穷追不舍

它们有着强健的腿、细长的脖子、线条优美的身段、髎骨修长的脑袋，以及露出冷冷凶光的眼睛。

这种猎犬的饲养者平时像宝贝一样保护着它们，像对待小孩子一样地照顾着它们，从来不让陌生人靠近。

第八章　耳朵上的十三颗星

决赛的日子马上到了，这是非常引人注目的，因为决赛的奖品有奖杯和大量的奖金。

首先站在起跑线上的两只猎犬，其中一只是去年的优胜犬，而另一只也是一只赫赫有名的猎犬。它们的身材都呈流线型。

“先放三号吧！就是那只长耳朵野兔。”米克对身边的助手说道。他们所说的三号，就是小战马。

“不愧是小战马啊！”门洞的门一打开，小战马就像子弹一样射了出去，让人吏吃惊的是它跳跃起来的轻盈和矫健。你看，真快啊！它跳跃的距离由一米半增加到了两米，然后又到了三米半。

“为什么到现在还不放猎犬呢？”人们有些着急了。在小战马跑了大约三十米的时候，在人们的议论声中，大家终于看到猎犬也冲出了起跑线处的门。那两只猎犬也毫不示弱，迅速地向小战马追去，可是小战马跳跃的距离越来越大，此时已经增加到了四米半。随着时间的推移，猎犬和野兔之间的距离被越拉越大，眨眼间，小战马已经消失在了门洞里，它已经到了安全地带，而两条猎犬都成了小战马的手下败将。

场面描写：通过对“响彻云霄”的呐喊和助威声的描写，描绘出了小战马出场比赛时的热烈场面。

“漂亮！”“太好了！”“加油啊!”……口号声、呐喊声、鼓掌声响彻云霄，整个竞技场沸腾了。

第二天，城市里的报刊就出现了这样的新闻标题——“长耳野兔战胜猎犬，小战马名副其实”。这一天，那个钻饰男人又找到了米克，并递上一支雪茄说：“先生，来支雪茄抽抽吧！”

语言描写：精彩简练的语言描写，将人类永不满足的贪欲生动地揭示了出来，意味深长。

“一支？不，先生，我想抽两支。”不过，米克还是愉快地接过了雪茄。

自从比赛以后，人们总是喜欢在空闲的时候谈论战胜猎犬的小战马。过了一段时间，比赛场上担任发令员的不再是米克，而是重新又换成了斯里曼，米克则做了管理员。这一变化让米克开始重新审视自己过去的所作所为，也开始把注意力全部放在了小战马的身上。

在这个小镇上每一个星期就会举行两次捕兔赛狗比赛，而每次被抓来比赛的兔子当中有五十只左右将会被杀掉，之前从平原上抓来的五百只野兔随着一场一场的比赛逐渐都死在了比赛场，现在只剩下小战马了。

在一次一次的目睹中，米克越来越喜欢小战马，被它的能力和智慧所感动，到后来，米克越来越想保护小战马，把小战马放回到自然界。为此，他还去向经理请求。

经理答应把小战马放回野外，但同时提出了条件。那就是小战马必须连续获胜十三次，才可以被米克带走。

“十三次太多了吧，十次可以吗？”

“就十三次，小战马还没有见识过新来的猎犬的厉害呢！”

“就这样吧，说话算数啊！老板！等打到第十三个孔，小战马就自由了。”

从此，小战马每战胜一次，米克就在它的耳朵上打上一个孔。等到小战马的耳朵上有六个孔的时候，报纸上开始出现这样的言论：人们认为猎犬不能取胜，最主要是因为猎犬的素质下降了！

为了比赛的需要，人们又从外面运来了一些长耳野兔。有趣的是在刚运来的兔子中，有一只长得和小战马特别像，不同的地方就是这只兔子跑得速度不快。但其实，要想分开这两只兔子很简单，只需要看看哪只兔子的耳朵上打了孔，一切就都很清楚了。

过了一段时间之后，小战马左右两只耳朵上的孔已经够十三个，这就意味着小战马已经战胜了十三次。为此，报纸上也做了相应的报道。

“小战马，你终于等到这一天了，你可以获得自由了！太好了！”米克兴高采烈地说。

成语：“兴高采烈”将米克在小战马即将获得自由时的激动心情言简意赅地表达了出来，用词贴切、精练。

可让人生气的是，经理的态度和

说法在小战马胜利十三次之后改变了，他说：“米克，我们确实是有这样的约定，可现在是很多人强烈要求小战马再赌一场。所以，我决定让小战马再跑最后一次。”

面对老板的出尔反尔，米克很不开心，抱怨说：“哪里有这样的老板啊，说话一点都不算数！”

经理听了米克的话很不高兴，但他的态度依然非常坚决，坚持要求小战马再跑一次。

·我的好词好句积累卡·

深刻　出色　兴高采烈　出尔反尔

门洞的门一打开，小战马就像子弹一样射了出去，让人更吃惊的是它跳跃起来的轻盈和矫健。

第九章　重返自由的平原

米克没有其他的办法，就这样，小战马还需要再跑一次。然而快到中午的时候，兔栏里面的一只生性好斗的雄性长耳野兔不知怎么回事，刚刚跑到安全地带，就攻击起小战马来。为了对付这只雄性长耳野兔，小战马费了很大的劲儿，也使得自己的身上受了伤，伤处肿痛，这极大地影响了小战马奔跑的速度，而小战马的最后一场比赛就在这天的下午。

下午的比赛开始了，小战马起跑的时候和以往差不多，长耳朵竖着，一路朝前跑着，就像风一样轻盈地掠过了赛场。在小战马的身后，紧随着的是去年的那只优胜犬和新来的一只猎犬，让人吃惊的是它们的速度都非常快。小战马的速度还是很快，然而让人奇怪的是，一向遥遥领先的小战马与两条猎犬之间的距离却越来越小了。这使得赛场旁边喜欢猎犬的人们异常高兴，有些人甚至站了起来，举臂高呼。而喜欢小战马的人则有些坐立不安了。又过了一会儿，赛场上

成语："坐立不安"，简洁的成语生动形象地将喜欢小战马的人对小战马的命运的担心描写了出来。

出现了紧急情况，那就是从来不拐弯就可以跑到安全地带的小战马，竟然在新来的猎犬的追逐下接二连三地拐弯，甚至有一次，小战马竟然跑回了起点，这也使两只猎犬获得了不少分数。小战马为了自己的生命，努力坚持地奔跑着。而两只猎犬则为了自己的声誉，一路猛追不舍。小战马渐渐无法摆脱了，就在将要被猎犬咬住的那一刻，它来了一个观察跳——高高地跳了起来，并向米克冲了过来。当小战马跑到米克面前的时候，米克一下抱住了它。

“好样的，小战马！”观众席中发出了一阵欢呼声。

“不行，重新来，重赛，这场不算！”爱狗的人向经理发出了抗议。而这次经理也把赌注押在了猎犬身上，一想到自己悲惨的下场，经理的心里也不舒服。因此，他立即答应重新比赛！

“这怎么可以？那一定要让小战马休息一下。”米克边抗议边为小战马争取休息时间。

“那好吧，就一个小时。”经理说道。

一个小时过去了！小战马又被放到了竞技场上，它的精神似乎好了很多，跑的时候看起来也比较有活力了，仍然像风一样快。同样也休息了一个小时的猎犬，更是来势汹汹，它们对小战马步步紧逼，不断地把它赶向这边，又赶向那边。慢慢地，小战马有些体力不支了，它的耳朵不像刚开始那样直竖着，渐渐地往下耷拉了。小战马坚持着，想通过自己有限的奔跑和跳跃来躲避开它的敌人。

神态描写：通过描写小战马耳朵的变化，传神地描摹出了小战马疲惫的样子。

突然，新来的那只猎犬一个纵身朝小战马咬来，小战马急中生智，采取了一个非常危险的动作——猛然返跑，从猎犬的身底下钻了过去。好险啊！没想到刚躲过这一只，那只去年的优胜犬就又扑了过来。小战马躲来躲去，它的耳朵无精打采地贴在了自己的背上。当然，这个时候两只猎犬也被累得够呛，它们伸出长舌头，口吐着白沫。小战马看到两只猎犬的狼狈样儿，耳朵突然又竖了起来，场地上喜欢小战马的人高兴了起来。是呀，照这样下去，小战马很快就能再次胜利了！

可紧接着让人想象不到的事发生了，两只精力充沛的猎犬又被放进了比赛场地。小战马为了对付刚才的两只猎犬，已经用尽了浑身的力气。可此时，它又需要去面对两只新放进来的猎犬。现在，小战马只能靠不停改变奔跑方向来逃命了。然而就在它马上要逃到安全地带，再次获得胜利的时候，那两只新放进来的猎犬已经接近了它的身体，其中有一只甚至咬掉了它的尾巴尖。

实在是太惊险，太刺激了，看台上的观众们都紧张得要命，呼吸似乎也在这个时候停止了。

夸张："呼吸似乎也在这个时候停止了"，运用夸张修辞，将观众紧张的程度形象地描绘了出来。

就在这时，比赛规定的时间到了。米克像疯了一样冲入赛场，并且虎视眈眈地向猎犬跑去，想好好地教训一下猎犬。他一边跑还一边骂："卑鄙，无耻！骗子，不讲诚信的骗子！"几个工作人员立刻冲上去抓住近乎发狂的米克，架着他离开了竞技场。

“放开我，放开我，你们这群小人！”米克大声地叫着。可这一切似乎都是徒劳，竞技场的门还是在他身后“咣当”一声关上了。在离开竞技场时，米克看到了筋疲力尽的小战马和四条拖着长舌头的猎犬，同时米克还看到骑在马背上的那个裁判似乎朝放枪的那个地方做了个手势。紧接着，米克听到竞技场里传来“砰砰”两声枪响，中间还有狗的狂叫声和人群的惊叫声。

满身是血、神情痛苦的小战马在米克眼前不断地浮现，米克待不下去了。“放开我，快点儿放开我。”米克努力地挣脱着。抓他的那几个工作人员一松手，米克就迅速跑向安全地带，因为从那里可以看到赛场上所有的情况。刚跑到那里，米克就看到一只野兔一瘸一拐地朝这边跑过来。场地上所有的观众都站了起来，兽医正在救治那只躺在地上“呼呼”喘着粗气的猎犬，而受伤的那只猎犬已经被工作人员抬出了场地。米克明白了，猎枪没有击中小战马，而是误伤了猎犬。

当小战马一瘸一拐地跑进安全地带时，米克随手拿过来一只箱子，把疲惫不堪的小战马放了进去。接着，他马上悄无声息地离开了竞技场，迅速奔向火车站，并以最快的速度蹬上了火车。几个小时之后，他们来到了那片以前生活着很多长耳野兔的平原，也就是小战马曾经生活过的地方。米克决定放了小战马，不管这一决定将会给他带来什么样的后果，即使是丢了工作，他也不会后悔。

成语:“疲惫不堪”形象地写出了小战马在经历一场生死角逐后极度疲乏的样子。

夜幕降临了，远处隐隐约约地可以看到村庄和橘树篱笆。在空旷的平原上，米克打开了装着小战马的箱子。小战马迟疑了半刻，似乎不太相信眼前的这一切。米克轻轻地推了它一下，小战马这才向前跳了几跳，接着它很快又来了一个高高的“观察跳”，最后竖起耳朵跑了起来。它的动作还是那么轻快自由，那么漂亮！远远地，我们还可以看见小战马耳朵上的那十三颗熠熠生辉的小星星。渐渐地，小战马消失在了茫茫的夜色之中。

成语：“熠熠生辉”简洁地写出了小战马过去辉煌的战绩，用词准确、生动。

后来，在这片平原上，人们曾经看到过几次小战马的身影。追捕野兔的行动又在这里进行过几次，可是，人们却从来没有在被捕捉到的成千上万只野兔中，发现过那只耳朵上有十三颗星星、毛皮上有黑白点缀的长耳野兔。

小战马真的回到大自然了，但愿它是永远的自由了。

·我的读后感·

读了这一章，我为小动物对生存的渴望而震撼，为小动物的生命尊严而感动。在生活中，我们都不应该去伤害它们，而是要想法设法地去保护它们。

普林菲尔德镇狐狸的故事

第一章　松林里的初步调查

形容词："懊恼"准确地描写出了叔叔想找到家里丢鸡的原因，却总是找不到时的烦恼。

我在叔叔家度暑假的一个月中，他家的母鸡总是隔三差五地失踪。叔叔在不断地调查真相，可总是没有线索。他很是懊恼，我决心为叔叔查明真相。我简单分析了一下：其一，叔叔家住在普林菲尔德镇，这是美国佛蒙特州温莎县的一个历史悠久而又文明的小镇，而母鸡又都是在回窝前或刚离开窝后失踪的，因此像偷鸡这种事，应该不像是流浪汉或邻居们干的；其二，母鸡失踪的地点不是在高地，因此应该不是树狸和猫头鹰干的；最后，我得出结论，居住在河对岸茂密松林里的那对老狐狸最可疑。

我的实地调查很快就开始了。狐狸要想回家必须穿过松林边的这条河，因此我首先把调查的目光集中在河的周围。很快，我在河边低处的浅滩上发现了一根条纹状的羽毛，完全可以确信这是叔叔家失踪的母鸡身上的。毫无疑问，这是老狐狸留下的。这增长了我的信心，我开始向远处的堤岸走去，以寻找更多的线索。就在这时，身后却传来一群乌鸦的叫声，我急忙回头，看见它们正凶猛地飞向浅滩。原来是那只老狐狸嘴里叼着的母鸡引起了它们的兴趣。老狐狸蹲在浅滩中央，它想回家，必须得过河，但这些同样是强盗出身的乌鸦，却猛烈地攻击它，想要抢劫赃物。当它走到河里时，乌鸦的攻击更猛烈了，这时我也急忙赶了过去。老狐狸见带着猎物安全脱身无望，无奈只好丢下了奄奄一息的母鸡，逃进松林里了。老狐狸不停地掠夺食物，这说明它应该有一窝嗷嗷待哺的小狐狸，因此，搜寻到这窝小狐狸才能彻底地解决母鸡失踪的问题。我决定把日标放在寻找这窝小狐狸上。

成语：“奄奄一息”形象地描绘出了母鸡被老狐狸咬伤并叼着跑出很远路程时已经濒临死亡、全身瘫软的样子。

虽然当天晚上天气闷热，但我和猎狗朗布还是蹚过河，走进对面的松林里。就在我们的脚刚迈进松林里的时候，忽然听见附近山谷中传来了短促、刺耳的叫声。那是老狐狸发出的，对，没错。朗布反应很是迅速，纵身钻进松林，不见了踪影。我仅凭那狂吠声就知道它一路奔入山谷中去了。我在周围转悠着，等候着朗布。狐狸的叫声消失了，过了一会儿，朗布也回来了，它气喘吁吁地吐着舌头。看得出来，它花费了不少力气，但没有找到那只狐狸。它有些疲惫了，跑到我身边就要躺下来休息。可就在这时，那该死的老狐狸的叫声又嗷嗷地响了起来。朗布再次兴奋地冲进山谷去追捕老狐狸。这次是向北，很显然，这次追捕的路程更长，因为刚开始我还能听到朗布响亮的怒吼和狂叫声，后来逐渐变得低沉而微弱，继而几乎听不见，直至最后声音全都消失了。我在黑暗中把耳朵贴近地面仔细听，也听不到任何声音，确信它已经追出几公里远了。

我只好静下心来，在漆黑的松林中无奈地等着朗布。正是由于这样的静谧，我竟然听到了一阵柔美动听的滴水声，叮叮咚咚叮叮咚，叮叮咚咚叮叮咚……声音是这样的富有韵律。难道这附近有泉水吗？我顺着声音，在一棵枝繁叶茂的橡树下找到了泉水的源头。这一发现让我很是惊喜。我愉快地聆听着泉水动听的声音，禁不住小声哼唱起一首歌来：

嘀嘀咚咚嗒嗒叮叮，

嗒叮叮嘀嘀咚咚叮叮，

嗒嗒叮叮咚咚嗒嗒嘀嘀叮叮，

喝呀喝它个饱呀！

这是一首关于猫头鹰的《滴水之歌》。

正当我沉浸在美妙的泉水的滴答声中时，身后忽然传来一阵急促的呼吸声，原来是朗布回来了。看得出它这次很累，它的舌头长长地伸了出来，嘴角边还吐着白沫，身上满是汗，不时地抖动身子，甩掉汗珠。但它还是温顺地在我手上舔了舔，然后重重地疲惫地趴在地上，发出沉重的喘息。现在已经是深夜了，但老狐狸那极富挑衅的叫声又

动作描写：一连串的动作，形神兼备地写出了猎狗长途奔跑后疲惫不堪、大汗淋漓的样子。

在几公里外响了起来，我断定狐狸窝一定就在附近，老狐狸为了不让自己的孩子受到伤害，跑到几公里外极力想把我们从狐狸窝附近引开。我们今天晚上的侦查任务完成了，那就是确信老狐狸有孩子，而且就在附近。因此，我带着朗布满意地回家了。

·写一写，练一练·

1）写出下面词语的反义词。

文明——（　　）　　开始——（　　）

2）照样子写词语。

叮叮咚咚（　　）　　　　嗷嗷待哺（　　）

第二章　菩提树洞里的秘密

其实，我和老狐狸早就“相识”。去年冬天下雪之后我去打猎，就曾遇到过它，并且还领教了它的狡诈。它的脸上有一条伤疤，上面长满了白色的毛，特别明显。据说这是它在一次追捕兔子时，被带刺的铁丝网刮破留下的。但这一点儿也没有妨碍到它的狡诈。记得那天我刚到山谷时，疤脸（我们暂且称呼公老狐狸为疤脸）突然从灌木丛中蹿了出来，像是无意地跳到我走的路的前面。我兴奋极了，站在原地一动不动，连大气也不敢出，生怕吓跑它。之后它继续向前快速跑去，转眼间树木茂密的山谷就掩盖了它的踪迹。它一没了踪影，我马上猫着腰悄悄往前跑，断定是跑到它的前面时，停了下来，并在预料它会出现的山谷的另一侧。可是等了好久，却一无所获。后来我又发现了新的狐狸脚印，顺着这些脚印望去，原来它竟然跑到我的身后，并和我保持着“安全”距离，我根本就追不上它。它像一个胜利者，在远处龇牙咧嘴地嘲笑我。真是一只狡诈的老狐狸，它其实早就发现了我，可是却装做没看见，然后故意跑到我的前面并跑出我的视线，迷惑我之后又跑到我的后面，然后留下新的脚印让我发现，向我炫耀，狡猾得像一个老练的猎人。

转眼到了今年的春天，我们又一次相遇，它的狡诈同样给我留下了深刻的印象。那天，我和朋友外出散步，在离家没多远的田垄上，见到了一些灰色和棕色夹杂的石头。朋友说："快看，第三块石头像是一只蜷缩着的狐狸。"可我却没看出来，朋友也没再坚持，我们就继续向前走了。刚走没多远，就听到好像是那块石头发出了什么声音。朋友说："好像是狐狸在石头堆边睡觉发出的声音。"于是，我们决定回去看个究竟。可我们刚转身抬起脚往回走，就看见疤脸从石头上蹦了起来，一溜烟地跑没影了。原来，它一直都在观察我们，为了保护自己，它伪装成石头躺在那儿，如果我们继续往前走，它可能真的就在那儿休息一会儿了。真是狡诈又伶俐的狐狸！

动词："蜷缩"生动地描绘出了狐狸休息时特有的姿态——身躯蜷曲紧缩的样子。

很快，我们就侦查到疤脸和它的妻子已经在丛林里安了家，还顺便把我们的谷场变成了它们的粮仓。于是，我们决定在松林里搜寻它的"老窝"。一天清晨，我们的行动正式开始了。我们在松林里仔细地搜查，终于发现了一堆可疑的新堆起来的泥土，一定是从某个洞里挖出来的。有经验的人都知道，狡猾的狐狸挖洞安家时，会把洞里所有的泥土都挖出来，但是却绝不会把洞口安在堆有土堆的那个口上，它会把这个显眼的洞口彻底地封上，然后把洞口隐藏在很远的灌木丛中。因此，我们在土堆旁边没有找到丝毫线索，只好到山的另一边寻找。功夫不负有心人，我们终于找到了洞口，还发现了一窝小狐狸。

为了能更好地观察疤脸一家，我决定找一个绝好的侦查点。山腰的灌木丛中，有一棵中空的巨大的菩提树。小时候，我们一群小男孩儿常常在树上爬上爬下做游戏，因为我们在树洞柔软的内壁上刻着一道道台阶。在这棵树的底部有一个大洞，树顶上还有一个小洞，这是最理想的观察点了，我现在更喜爱这棵大菩提树了。

第二天是个好天气，我很早就跑到大菩提树那里，从树顶的洞口向下查看，终于看见了隐藏很久的疤脸一家。窝里一共是四只小狐狸，猛一看还以为是小羊羔呢，因为它们都毛茸茸的，腿又粗又长，眼睛里充满好奇地东张西望，一脸的天真表情。不过仔细观察就会发现狐狸的特征，它们的脸很宽，眼睛滴溜溜地转，鼻子尖尖的，长大之后一定都是一只只阴险狡诈的“疤脸”。

外貌描写：通过对狐狸眼睛、鼻子特征的细致描写，生动表现了狐狸狡猾奸诈的个性特征。

小狐狸们显然没有发现我，它们有的在悠闲地晒太阳，有的在互相打闹，快乐地玩耍着。不过，它们的胆子还是很小的。看，远处一个轻微的响声就把它们吓得惊慌地躲进洞里了。不过，这声音是它们的妈妈发出来的，它温柔地呼唤着自己的孩子，嘴里还叼着第十七只倒霉的老母鸡。

接下来，我饶有兴致地观看了一场好戏，我的叔叔是绝不会有这份好兴致的。小狐狸们争先恐后地冲向了老母鸡，和它凶狠地打了起来。因为老母鸡是活的，它只是受了伤而已。此时的母狐狸在一旁做起了旁观者，一边满心欢喜地看着自己的孩子们学习捕猎的技能，一边又警惕地提防着老母鸡伤害它的孩子。整个过程中，我很有兴趣地观察了母狐狸的表情，有喜悦，有残忍，有狡诈，但自始至终都充满了母亲的骄傲和慈祥。

就这样，我在树洞中观察了很多天。母狐狸经常带着活的老鼠或者鸟等动物回家，猎物伤得很有分寸，既让它们活着，又不让它们对小狐狸构成任何威胁，这样就可以让自己的孩子通过折磨猎物学会生存的本领，真是一种“最慈爱的残忍”。疤脸夫妇有一天想让小狐狸们学习捕食土拨鼠，于是它们把目标盯在了山上果园里住着的一只土拨鼠。这只土拨鼠把洞穴安在了一棵老松树的树根上，很安全地住在那里，狐狸是轻易抓不到它的。它很聪明，还喜欢运用智慧躲避敌人的追捕。它有一个生活习性，就是每天早晨都要趴在树桩上晒太阳，离洞口很近，看到敌人它会飞快地躲起来，等敌人走远了才出来。就是这样一个简单的习性，最后却要了它的命。

疤脸夫妇选择在一个早上出发，显然它们是非常了解土拨鼠的这个生活习性的。夫妇俩爬过果园的篱笆，巧妙地躲过了土拨鼠的视线。过了一会儿，疤脸已经出现在果园里了，只见它蹑手蹑脚地向土拨鼠的窝走去，但经常和敌人“打交道”的土拨鼠显然已经敏锐地意识到了危险，它偷偷地钻回了洞里，虽然它没有来得及回头看是什么敌人。疤脸有些失望地离开了，并且按原路返回，故意把背影留给土拨鼠。土拨鼠很聪明，却忽略了强中自有强中手，而且它的敌人是素有狡诈之称的狐狸。土拨鼠看见疤脸走远了，把脑袋从洞口伸了出来四处张望，确信危险已经解除，它把头又伸出来一些，最后竟然爬到了树桩上。悲剧就在这时发生了。母狐狸从它身后悄无声息地逼近，轻轻一跳就抓住了它。土拨鼠中了疤脸夫妇“螳螂捕蝉，黄雀在后”的计策。母狐狸抓住土拨鼠之后，不停地甩来甩去，不一会儿就把它甩得晕头转向，不省人事了。看来疤脸夫妇是想用土拨鼠做小狐狸们的课堂活道具，以增加课堂的真实性和趣味性。疤脸看见母狐狸得手了，很快地就跑了回来，夫妻俩带着战利品回家了。

母狐狸虽然很兴奋地把土拨鼠活捉了回来，但仍然保持着很高的警惕性。走到家附近，它像往常一样，很小心地四处看了看，确信没有危险之后，才站在洞口，对着里面低叫了一声，小狐狸们欢快地跑了出来，就像下课后抢着玩耍的学童似的。母狐狸把还在昏迷的土拨鼠丢给它们，小狐狸们开始时小心翼翼地凑到土拨鼠跟前，确信是很好的食物后，就争先恐后地咬了下去。土拨鼠疼得醒了过来，拼命地挣扎着，反抗着。小狐狸们现在很显然还不是土拨鼠的对手，被打得节节后退，土拨鼠抓住机会踉踉跄跄地躲进了旁边的灌木丛中。小狐狸们可也不是容易对付的，它们在妈妈的鼓励下又都

场面描写：通过细致的动作、神态等描写，生动展现了小狐狸同土拨鼠之间你来我往进行打斗的热闹场面。

飞快地追了上去，拖尾巴的拖尾巴，扯肚皮的扯肚皮，可是由于力气太小，还是没法把它弄出来。这时，母狐狸出手了，它三下两下跳过去，一口叼起土拨鼠，把它又扔到空地上去了。小狐狸和土拨鼠之间新一轮的斗争又开始了。最终，土拨鼠寡不敌众，成了小狐狸们的美餐。

光教一些“课堂”知识，显然是远远不够的，母狐狸还经常增加一些实战训练，那就是野外捕食本领。狐狸窝附近有一个杂草丛生的山谷，小狐狸们常常在山谷里学习生存的本领。学习依靠的是父母的言传身教，再加上小狐狸们自身的天赋和悟性。疤脸经常会用暗号来跟小狐狸们交流，常用的暗号是“安静地躺下观察”“来，跟着我做”等。而山谷中居住的很多田鼠恰好成了疤脸夫妇野外训练捕食的良好对象。

这样，小狐狸们的野外第一课就是学习捕捉田鼠。

一个寂静无风的夜晚，小狐狸们跟着妈妈来到了山谷中进行野外训练。它们已经掌握了一些基本的野外捕食本领，从它们安静地躺在草丛里就看出来了。过了一会儿，一阵微弱的“吱吱”声响了起来，是田鼠出来了。母狐狸首先给孩子们做起了示范。只见它站起来，踮起脚尖，悄悄地走进草丛中，它尽可能地直起两条后腿，站得高高的，好让自己看得更清楚更远一些。由于田鼠经常是利用草丛掩盖自己的踪迹，因此只要注意草丛的轻微晃动，就知道田鼠跑到哪个方向了，这也是母狐狸为什么要选这样一个寂静无风的夜晚的原因。不一会儿，母狐狸就瞅准了目标的方向，突然跳了起来，瞬间就捉住了一只田鼠，这只可怜的田鼠只来得及叫唤一声就被咬死了。有了妈妈的示范，小狐狸们学得很快，排行老大的那只小狐狸首先捉住了一只田鼠，看得出来它很激动，浑身颤抖着，张开小嘴，将它那珍珠般的小白牙咬进田鼠的肉里，这可是它生平第一次抓到猎物啊！可能这股野蛮劲儿连它自己都觉得惊讶吧！

下一堂实践课是学习捕捉红松鼠。有一只红松鼠就住在狐狸窝附近，它和它的同类一样是一个爱吵闹、没礼貌的家伙。它每天都要站在一根树枝上，狠狠地责骂小狐狸们一番，扰乱它们的安静。它经常在几棵树之间蹦来蹦去，有时还故意站在离小狐狸很近的地方向它们挑衅。尽管小狐狸们使出浑身解数，还是没办法捉住它，于是它们只好求助于妈妈。

成语："胸有成竹"准确地写出了母狐狸对红松鼠的了解，表明它在捕捉行动实施之前已经有了成熟的思考和完整的计划，非常有把握捉住红松鼠的心理状态。

母狐狸拥有丰富的阅历，它对捕捉红松鼠胸有成竹。它让孩子们躲起来观察，自己则不慌不忙地走到林间草地上，悠闲地躺了下来。红松鼠像往常一样唾沫飞溅地大骂起来。母狐狸躺在草地上一动不动。红松鼠越来越放肆，竟然骑在母狐狸头顶的树干上骂了起来："畜生！丑八怪！"母狐狸置若罔闻，静静地躺着。红松鼠来了兴致，干脆从树干上跳下来，一边环顾四周，一边穿过草地，向另一棵树冲过去。它爬到一个自认为安全的树枝上，又开始喋喋不休地大骂："你这个畜生！没用的东西！丑八怪！丑八怪！丑——八——怪——”母狐狸仍然安静地躺在草地上，一动不动。这激起了红松鼠的好奇，也让它的胆子更大起来。它又一次从树上跳下来，穿过草地，慢慢走近了母狐狸。而母狐狸像是睡着了一样，毫无反应。在一种强烈好奇心的驱使下，它抓起一块树皮砸向母狐狸，接着又是破口大骂，可母狐狸还是没有反应。此时的红松鼠已经丧失了正确评估风险的能力，它开始在草地上肆无忌惮地来回跑动，一不留神儿，竟然跑到了母狐狸跟前。它不知道这个看似已经睡着的母狐狸其实比任何时候都要清醒。只见母狐狸突然从草地上一跃而起，也就是一眨眼的工夫，还没等红松鼠明白怎么回事呢，就被摁在了地上。母狐狸得意地向孩子们大声喊道：“孩子们，开饭啦！”

就是通过这样一次又一次的反复训练，小狐狸们初步具备了生存技能。等它们再长大一些，还会跟着妈妈去野外更远的地方，学习更高级的捕食本领。比如，凭借气味追捕猎物等。对于每一种猎物，母狐狸都能因材施教，教给孩子们针对每一种猎物独特的捕食方法。因为每一种动物都有一些供其他动物生存下来的特殊弱点。比如，红松鼠的弱点是好奇心太强。所以，小狐狸的训练目的，就是利用其他动物的弱点和自己的技能来弥补自己的缺陷。

疤脸夫妇教给小狐狸们很多狐狸世界的生存法则，这些法则是这样的：

千万不要走直线，尽量走弯曲的路线，不要留下笔直的印迹；

千万不要顺着风跑；

要相信自己的鼻子，因为鼻子最灵敏；

流动的河水可以治疗很多疾病；

尽量不要让自己暴露在空地中；

只要看到陌生的东西，就把它当成敌人；

时刻注意灰尘和水，因为那上面往往有气味；

千万不要在檀香灌木丛中捕老鼠，也不要在鸡场里捕兔子；

一定要避开毫无遮拦的草地。

小狐狸们将这些法则牢牢地记在自己的小脑袋瓜儿里。还有非常重要的一条是“千万不要跟踪闻不到气味的东西”，小狐狸们都明白，如果闻不到气味，说明此时的风向对自己很不利，应该仔细观察周围是否出现了异常。

小狐狸们认识了树林里它们必须知晓的动物，一些鸟类和野兽。这个时候，它们已经能跟随父母外出捕捉一些简单的食物了。但是总会有新的课程，因为一开始的时候，它们认为只要是能动弹的东西，就可以闻到气味。可是一天晚上，在母狐狸带着孩子们到野外觅食的路上，小狐狸们发现了一串奇怪的脚印，在它的周围还发现了一个很小的金属弹壳。它们跑过去，刚闻了一下，就本能地害怕得毛发都竖了起来，血液中却充满了本能的憎恨和恐惧。

母狐狸郑重地告诉它们：“这是人的气味。”

·我的好词好句积累卡·

龇牙咧嘴　寡不敌众　功夫不负有心人

母狐狸抓住土拨鼠之后，不停地甩来甩去，不一会儿就把它甩得晕头转向，不省人事了。

看出来它很激动，浑身颤抖着，张开小嘴，将它那珍珠般的小白牙咬进田鼠的肉里，这可是它生平第一次抓到猎物啊！

第三章　狐狸对猎狗的戏弄

我对疤脸一家越来越感兴趣，尤其是对小狐狸们。于是，一直没有告诉叔叔狐狸窝的位置，这样的后果是叔叔家的母鸡依然继续失踪。叔叔已经对狐狸的行为很愤怒了，已经不再相信我的调查。为了让叔叔放心，有一天，我特意带上朗布出发寻找狐狸一家。我穿过树林后，坐在空地上的一棵树桩上休息，命令朗布继续向前搜索。很快，它就叫了起来，它很明确地向我传递这样的信息：狐狸向山谷下面跑去。

过了一会儿，朗布追着疤脸的气味跑了回来。疤脸轻盈地跳过河床，来到河水边。它踏进河水，沿着河边跑了大约足足有二百米才直直地向我这边跑来。到了离我还有三米的地方，它停了下来，很显然它没有发现我，它的注意力大部分都给了朗布。它离我很近，我都能看清它肩上的毛发。只见它伸长了脖子，饶有兴致地看着后面的朗布。朗布一路咆哮着，沿着小路追到了河边。水是气味的克星，

神态描写：传神地刻画出了狐狸在成功地戏弄了猎狗后，得意地想坐看猎狗笑话的心态。

它闻不到疤脸的气味了，非常困惑，便沿着河的两岸寻找起来。为了更好地观察被捉弄的朗布，疤脸甚至还稍微换了换位置。这时，朗布也跑了回来，累得气喘吁吁的。它被彻底困住了，无法从水里蹚过去。

接下来的一幕，煞是好笑：被迷惑的朗布把疤脸高兴坏了，它直起两条前腿，仔细观察着无法前进的朗布，乐得简直无法安静地坐下来。它大笑了一阵儿，嘴几乎都要咧到耳朵根了，像一个咧嘴开心大笑的狗一样。我就这样近距离地静静地观察了它很久。疤脸沉浸在自己的快乐里，丝毫没有感觉到危险。朗布还想继续追捕，我走过去阻止了它，它温顺地躺到了我脚边。

这样又过了几天，类似的小把戏在疤脸和朗布之间不停地上演，而我有幸每次都成为那个观赏者，并看得津津有味。但这并不妨碍它们的偷鸡计划，叔叔家的母鸡继续减少，叔叔再也忍不住了，他决定亲自出马，他带上了朗布。当疤脸又一次把朗布困在浅滩上，自己找了个自认为安全的地方观察傻乎乎的朗布时，叔叔的枪响了，子弹飞快地射向了它的背部。然而，这只狡猾的狐狸还是逃脱了。

成语：“津津有味”准确地描画出了“我”对观察狐狸的兴趣越来越浓厚的样子。

· 写一写，练一练 ·

1）请写出下面词语的反义词。

愤怒——（　　）　　轻盈——（　　）

2）用下列的词语造句。

津津有味——

困惑——

第四章　永远的解脱

没有抓到疤脸，而母鸡又在不断地减少，叔叔非常生气，他开始想别的办法。他在松林里撒满了毒饵，因为我们的猎狗是不会吃的。可他不知道，狐狸也不会吃。狐狸很聪明，能准确辨认出有毒的诱饵，看到这样的危险品，它们甚至不屑一顾。然而有一次，疤脸不小心掉进了一只臭鼬的洞穴里，从此，就再也没有音信了。

这样，母狐狸就要担负起照顾孩子的全部责任。这种繁重的工作使它经常感觉到很疲惫，甚至无法使每条通往自己家的路都安全，也无法保证每次都能轻松地捕到食物。一次在追捕绵羊时，它就花费了很多力气。它咬住了绵羊的脖子，紧紧趴在绵羊背上，可绵羊受到惊吓，狂奔着跑出了好几百米，直到最后筋疲力尽才倒了下去。母狐狸从绵羊背上跳了下来，疲惫地拖着绵羊赶回家。家里嗷嗷待哺的孩子，使它焦急得顾不上掩盖自己的气味了。虽然气味能给敌人留

> 形容词："疲惫"很直观地描写出了母狐狸不堪重负时的样子。

下线索，可它已经没有精力再去管这些了。于是，一直苦苦搜寻母狐狸的猎狗们顺着母狐狸留下的气味很快就找到了狐狸窝。小猎狗斑点首先发现了小狐狸们，兴奋地向大猎狗们报告。它们一起闯进去，想搞突袭。

狐狸一家的灾难来临了。母狐狸故意向河流下游跑去，想把猎狗们引至河边。而猎狗们显然对它最感兴趣，它们呼啸着跟着追到了河边。河边的几只绵羊给了母狐狸机会，它非常麻利地跳到了一只绵羊的背上。它想采用迂回战术，把猎狗们从小狐狸身边引开。它对付猎狗的计划是成功的，可它忘记了还有人类。我们家的雇工帕迪此时正卖力地挖着狐狸窝，他越挖越深，最后连肩膀都看不见了。母狐狸大约在一个小时之后回来了，但是猎狗们没有给它营救孩子的机会，又一起朝它冲去。母狐狸被迫又一次跑开了。这时，帕迪忽然兴奋地喊道："快来看呀，它们都在这儿呢！

窝里是那四只毛茸茸的小狐狸，它们惊慌得一个劲儿地往后退。我还没来得及阻止，帕迪的铁锹就砸向了小狐狸，猎狗们也扑上去撕咬，三只小狐狸很快就没命了。只剩下最小的那只小狐狸，它用尾巴把自己吊得高高的，才躲过了猎狗的尖牙。随后它惊慌失措地发出一声短促的类似痛哭的尖叫声，母狐狸这时顾不得危险，飞快地跑了过来。猎狗们很快和母狐狸纠缠到了一起，帕迪试着用猎枪射击，但是猎狗们在中间很碍事，只好作罢。看着营救无望，母狐狸无奈选择放弃，仓皇地逃跑了。我们把这只侥幸躲过灾难的小狐狸扔进一个口袋里，而它那些倒霉的哥哥们，却都被埋到泥土里了。

我们用铁链子把这只小狐狸拴在院子里。我们也不知道为什么要让它活着，可能是所有的人都对它产生了怜悯之心吧！这只小狐狸很漂亮，体型流畅，外表毛茸茸的，看起来像一只温顺的小羊羔。但是它的黄色的眼睛里偶尔会闪过狐狸特有的一丝狡诈和残忍，这就一点儿也不像小羊羔了。现在，我不用再爬上菩提树，透过窗户就能观察到小狐狸了。它很会保护自己，如果有人想靠近它，它就缩在身旁的箱子里，一副被吓坏的样子。只有没人打扰它的时候，它才舒展开身体，探着脑袋，好奇地四处张望。

动作描写：通过“缩”“展”这样的动词，把小狐狸被捉后的诚惶诚恐的样子形神兼备地描写了出来。

小狐狸最熟悉的莫过于院子里的母鸡了，以前妈妈带着它跟这样的母鸡打过交道，它很了解母鸡。就在午后，母鸡们散步时无意间踱到了小狐狸附近，它终于逮到了机会，猛地扑向离它最近的那只母鸡，但那条链子把它的阴谋破坏了，它很快被拽了回去，只好沮丧地回到箱子里。天黑了下来，小狐狸开始变得焦躁不安，从箱子里钻出钻进，可稍微想走远点儿就会被链子拽了回来，它实在是生气极了，不时地用前爪按住链子，怒气冲冲地撕咬着。突然，它扬起小脑袋，发出一阵哭诉似的揪心的叫声。不一会儿，山那边传来母狐狸呀呀的叫声。几分钟后，母狐狸的身影就出现在了柴堆旁边，起初这个神秘的身影使小狐狸害怕地溜进箱子里，但看清了来者，它欢快地跑了出来，母狐狸抓住它，想把它带走，却发现它被链子从自己怀里拽了回去。正在此时，一扇窗户打开了，母狐狸只好匆匆地逃走了。

小狐狸看见妈妈走了，高声哭喊了一阵，可是不久它就安静了下来。趁着月光，我悄悄望去，原来是母狐狸又回来了。它正在小心翼翼地啃着链子，生怕被发现，只是偶尔发出一阵叮叮当当的声音。小狐狸呢，则在一旁吃着妈妈带来的食物。我走了出来，母狐狸警惕性很高，马上就逃进黑暗的松林里不见了踪迹。小狐狸的箱子里放着两只血淋淋的小老鼠，摸起来还有点儿热气，这应该是母狐狸给带来的食物。第二天早上，我发现拴着小狐狸的链子格外光亮，看来它昨天晚上又来啃了很久。

我决定到废弃的狐狸窝旁看看，依我对母狐狸的了解，它一定会对死去的孩子们做些什么的。果然，我发现了母狐狸留下的踪迹。这位可怜的母亲真的来过这里，而且还伤心地挖出了三只全身沾满污泥的小狐狸尸体。小狐狸们并排躺在这里，静静地，不再有喧闹，身上被妈妈舔得干干净净，看着真让人忍不住难过。它们身边还放着两只刚被杀死的母鸡，旁边新挖出来的泥土上，有一道深深的印痕，印着母狐狸的肘、胸和后腿的样子，这些都告诉我们：在这里，它曾久久地陪着自己死去的孩子们，心里痛苦万分；在这里，它曾把孩子们最喜欢吃的食物带了过来；在这里，它曾为自己的孩子

排比：生动地写出了母狐狸浓浓的爱子之心以及失去孩子后那种身心俱焚的悲伤之情，营造了一种极度悲凉的气氛。

们舒展肢体，希望像过去一样喂它们吃饭，给它们暖和身子。可它只找到了一具具僵硬的尸体。它一定长时间地陪伴着小狐狸们的尸体，沉浸在哀伤里。从那以后，母狐狸再也没有回过自己的家。它把全部的爱，都倾注在那只被人类带走的小狐狸身上。它是孩子们当中最小、最柔弱的一个。

为了保护那群母鸡、杀死母狐狸，叔叔做了很多准备。他放开猎狗四处查看；命令帕迪一看到母狐狸立即开枪杀死；还在松林里散落了很多狐狸喜欢的鸡头，当然上面是下了毒的。但是，每天晚上，母狐狸依然能巧妙地躲过这些来到院子里精心喂养小狐狸，并带来刚杀死的母鸡或是别的什么猎物。而且每次来得都很及时，都是在小狐狸没发饥饿的声音之前就急匆匆地跑来了。

母狐狸不满足于只给小狐狸温饱，它还要它恢复自由，它在不停地想办法。因此，一天晚上，我听到了母狐狸挖洞的声音。我起来悄悄地偷看，发现母狐狸在挨着小狐狸旁边的地方挖了一个洞，当它认为挖的大小正合适时，即有它的半个身子那么大时，它连拴小狐狸的链子都拉到洞里埋上了。它天真地以为，看不见的东西就等于没有了，小狐狸就可以得救了。于是，它兴高采烈地叼着小狐狸往外冲去。小狐狸肯定又被拽回去了。它的营救计划又失败了。

链子的哗啦声惊动了猎狗朗布，它大声地叫着扑了过来。母狐狸只好逃走了，好像是逃往了松林方向，因为朗布朝着那个方向呼啸着追去了。而可怜的小狐狸，只有伤心地哭泣着又爬回了自己的箱子。但奇怪的是，朗布到了第二天早上也没有回来，很快，我就知道发生了什么事情。朗布永远都不会回来了，母狐狸精心地谋杀了它。狐狸利用铁路很巧妙地让猎狗朗布死于非命了。原来，母狐狸把朗布引到火车前面的高台架上，这时，一列火车刚好经过高架台，猎狗躲闪不及，被一下撞死了。这个方法可真高明。我们在高台架下发现了朗布，它身体的大部分已经被火车碾成了肉泥。母狐狸一定是借此来发泄它失去爱子的悲伤和仇恨。

母狐狸仍然继续来探视小狐狸，并一如既往地给它带来吃的。这天晚上，它竟然趁小猎狗斑点回来之前，在院子里杀死了一只母鸡供小狐狸享用。因为它认为，它是小狐狸理所当然的食物来源。但这暴露了它的行踪，叔叔很容易就推断出母狐狸每晚都要来院里喂它的孩子。

我早已对母狐狸起了怜悯之心，不想再参与谋杀它的计划，于是叔叔决定亲自端枪等待母狐狸。不料当天夜里，叔叔临时有事，便安排帕迪接替他等母狐狸。天气实在是很冷，帕迪又觉得很无聊，的确漫漫长夜谁也不知道母狐狸什么时候来，帕迪很快就睡着了。不过，一个小时后，枪还是响了，原来是走火了，让我虚惊一场。

动词："虚惊"表达了"我"内心中已经有了不愿意让母狐狸被枪杀的心理，从侧面反映了"我"对母狐狸的同情。

天亮之后，我们发现小狐狸依旧吃得饱饱的，看来母狐狸依旧按时送来了食物。到了天黑，母狐狸冒着风险，依旧送来了食物，只是这次它没有见到小狐狸，枪声很快响了起来，它无奈地丢下食物跑掉了。到了夜晚，它依旧惦记着小狐狸，送来食物时又引来了一阵枪响，叔叔已经加强了戒备。但次日清晨我观察到链子又被磨得光亮亮的，母狐狸时刻也没有忘记解救自己的孩子，它在那根锁住它孩子自由的可恶的链子上至少啃了有几个小时。这种母爱，和我们人类的母爱相比毫不逊色，它应该赢得我们由衷的尊敬。又到了晚上，没有人愿意再等母狐狸了，根本就抓不到它，而且它连枪都不怕，人们已经失去信心和耐心了。于是，等待母狐狸的就只有我了，当然我不是为了要它的命。

小狐狸由于饥饿和恐惧，天黑之后，它又哀号起来。母子连心，很快，母狐狸就出现了。但让人疑惑不解的是，这次母狐狸好像什么食物也没有带。我猜它可能是捕猎失败了，但很快就被证明我猜错了。母狐狸像个幽灵一样，来到小狐狸身边后很快就走了，没有丝毫片刻的停留，而小狐狸好像在津津有味地吃什么东西，看起来食物不是很大。正吃着，突然，它大叫起来，随后在地上不停地翻滚。很快，可怜的小狐狸就死去了。母狐狸给小狐狸带来了有毒药的鸡头，亲手毒死了它。

比喻:“像个幽灵一样”形象地写出母狐狸来无影去无踪的行动特点，与后面它的出人意料的做法形成照应。

我终于明白了，这位伟大的母亲心怀巨大的仇恨，它为了让自己仅存的唯一的孩子获得自由，完全不顾自己生命安危，用尽了所有的办法，但都失败了，这种强烈的母爱让它为自己的孩子选择了另一种自由，永远地从囚徒生活中解救出来，那就是死亡。

冬天来临了，皑皑白雪覆盖着看似洁净的大地。我们在松林里仔细搜寻着，想看看这位母亲是否还在这一带活动，但一无所获，看来它已经离开这片令它伤心的地方了。也许它去了一个可以忘记痛苦可以开始新生活的地方，也许它心怀安详地去了另一个世界，去陪伴它钟爱的孩子们。

·我的好词好句积累卡·

呼啸　麻利　短促　流畅

天黑了下来，小狐狸开始变得焦躁不安，从箱子里钻出钻进，可每次都被链子拽了回来，它实在是生气极了，不时地用前爪按住链子，怒气冲冲地撕咬着。

沼泽地里的豁耳兔

第一章　出生的第一个教训

在奥利凡特家沼泽地一片茂盛的草丛中，隐藏着一个温暖的小窝，里面住着兔妈妈和兔宝宝。这是一个棉尾兔家庭。棉尾兔是生活在美洲最多的兔种，它们的尾巴上都覆盖着蓬松的毛，而顶端又是白色的，看起来就像在身后挂了一个白色的棉花球。这大概就是它们名称的由来吧。

小棉尾兔来到这个世界上已经三个星期了，非常可爱，兔妈妈也非常疼它。自出生以来，兔宝宝一直这样安安静静地待在窝里，有时竖起一对长耳朵，仔细倾听着近处的或远处的各种各样的声音；有时眨着两只圆圆的眼睛，专心地望着头顶上那一片碧绿的小天地。就这样无忧无虑地成长着。

> 动作描写：通过对“兔宝宝”在窝里的一系列动作的描写，将刚出生不久的小棉尾兔的无忧无虑的样子生动、形象地刻画了出来。

这天，兔妈妈又要外出觅食了，它把草被子盖在兔宝宝身上，又把窝仔细地用草掩护好，并一再叮嘱兔宝宝不要

> 动作描写：兔妈妈临出门时的举动，把一位母亲对孩子深深的爱真切地体现了出来。

走出窝里。兔宝宝听话地点了点头，说：“妈妈，您放心吧，我一定不会私自出去的！”兔妈妈放心地走了。

在兔窝的不远处，住着一只蓝背鹅鸟和一只红毛松鼠，这两个臭名远扬的坏东西不知为何大声地争吵起来；在兔窝前方的一棵松树上，不知何时飞来一只黄色的鸟，它逮住了一只蓝蝴蝶，高兴得亮起了柔美婉转的歌喉；在兔窝的上方，一只红底黑斑的瓢虫挥动着触角，悠闲地爬到一片长长的草叶上，接着又从另一片草叶上滑了下来，钻进兔子的窝里，落到了兔宝宝的脸上……兔宝宝被惊了一下：咦，外面的世界是什么样子的呢？兔宝宝不禁有些好奇起来。但一想到妈妈临走时的话，兔宝宝还是选择乖乖地待在窝里，一动也没动。

不知过了多久，兔窝附近的灌木丛中传来一阵轻微的沙沙声。声音响一会儿，停一会儿，停一会儿，响一会儿，似乎离兔窝越来越近了。兔宝宝出生这么长时间，在这沼泽地里居住了这么久，每天都静静地倾听着周围的各种声音，还从来没有听到过这样奇怪的声音呢。兔宝宝有些按捺不住了，它想出去看看这到底是什么声音。

虽然妈妈曾告诉它要一直待在窝里，可它认为，只有在有危险的情况下，才需要躺在窝里。而这个声音虽然有些神秘，但似乎没什么可怕的。兔宝宝觉得，自己已经不再是刚出生的兔宝宝了，不能什么事都靠妈妈，应该出去探个究竟。于是，它撑起短短的后腿，抬起胖胖的小身子，把圆圆的小脑袋伸向窝外，悄悄地张望着。可是，它什么都没看到。

声音越来越近了，周围却安静起来。没有了蓝背鹅鸟和红毛松鼠的争吵，也听不到黄鸟的歌声了，甚至连松针掉到草上的声音都听得一清二楚。

成语:“一清二楚”这个成语形象地描绘出了灌木丛安静的景象，也从侧面巧妙地反映出了危险的来临。

沙沙声先是在窝的右边响起，接着又在窝的后面响起。这是什么声音呢？兔宝宝像着了迷一样，急切地想弄清楚那到底是什么声音。于是，它又壮着胆子向前探出一步。

“啊，妈妈！”兔宝宝突然失声惊叫起来。原来，在它不远处一条黑色的大蟒蛇正在草丛中爬行。

大蟒蛇似乎闻到了猎物的气息，在这周围搜索一阵后，可能没有找到猎物的藏身之处，正要离开呢，不想一只兔子突然跳了出来。它眼睛里立即射出凶光，马上向兔宝宝飞快地冲了过来。

兔宝宝可从来没经过这阵势，吓得腿都软了。它使出全身的力气，大喊了一声：“妈妈救我！”可是，因为紧张过度，声音却小得连自己都听不见。它想撒腿逃跑，可弱弱地没蹦几下呢，一转眼，大蟒蛇就已经“飞”到了它跟前，一口咬住了它的一只耳朵，并很快用长长的身体把它绕住。可怜的兔宝宝吓傻了，一动也不能动了。

它马上就要变成大蟒蛇的美餐了。

蛇身在缓缓地收紧，兔宝宝疼得哭了起来。

“咕咚！咕咚！……”一阵急促的奔跑声飞快地由远而近。

原来，兔妈妈外出回来，老远就听到了兔宝宝的惊叫声，心里不由得一紧，预感大事不好了。

兔妈妈看见大蟒蛇缠住了自己的孩子，眼睛都红了。它飞快地跑过来解救兔宝宝。

大蟒蛇见兔妈妈来了，赶紧用力把兔宝宝绕紧，恨不得一下把兔宝宝勒死。兔宝宝的哭喊声渐渐变弱，“妈妈！救……”兔宝宝发出了最后一声微弱的呼唤，便不动了。兔妈妈心如刀绞，立即跳到大蟒蛇身上，拼命地向蛇身上猛蹬，一下比一下狠，一下比一下有力。

成语:“心如刀绞”，简洁的成语写出了兔妈妈悲痛的心情。

大蟒蛇身上被扯出一道道长长的口子，剧痛难忍。它突然“刷”地一下打开盘在兔宝宝身上的蛇身，高昂起蛇头，猛扑向兔妈妈。

兔妈妈机敏地跳开了，不过还是让大蟒蛇咬掉了一大撮毛。

兔妈妈拿出架势，准备与大蟒蛇拼命。

大蟒蛇见情况不妙，加上伤痛难耐，只好丢下兔宝宝落荒而逃了。

兔妈妈也无心追赶，马上来到兔宝宝身边。还好，兔宝宝虽然被大蟒蛇咬掉了一大块耳朵，但命还是捡了回来。

为了记住这次教训，从此以后，兔宝宝便有了一个新名字——“豁耳兔”。

·写一写，练一练·

1）请写出下面词语的反义词。

茂盛——（　　）　　微弱——（　　）

2）照样子写词语。

圆圆的眼睛

（　　）的（　　）　　（　　）的（　　）

第二章　豁耳兔的生存训练课

自从被大蟒蛇袭击后，兔妈妈决心不再让孩子成天待在窝里了。它要倾尽所有心血，早日教会孩子在充满危险的环境中如何保护自己，避开危险，学会生存。

奥利凡特家的沼泽地是一大片参差不齐的次生林区，这里到处可见丛生的荆棘。沼泽地的边缘有很多郁郁葱葱的松树傲然挺立，有的树干上渗出黏黏的液体，有的松针舒展在空中，散发出怡人的香味儿。沼泽地中有一片老树林，树木衰败残破，林中有很多枯木横七竖八地躺在地上。芦絮飞落时，在池塘边的空地上会显出一片肃杀的景象。

环境描写：通过对松树、枯木及池塘边芦絮的描写，形象地描绘出了野兔们的生存环境。

这里既是棉尾兔一家赖以生存的家园，也是兔妈妈教孩子学习生存本领的绝佳训练场。

兔妈妈给豁耳兔上的第一课就是“隐蔽匿伏”。这是兔家族的“传家宝”。“隐蔽匿伏”就是尽量减少容易被敌害发现的时间出来活动，平时白天没有特殊惊扰，不现身藏匿的地方。如果发觉有危险临近，也不能惊慌，要等到敌害接近一二十米时再从匿伏处突然逃去，然后要马上再找到安全隐蔽的地方匿伏下来。上次被大蟒蛇捉住，差点儿丢了性命，就是因为没有做好“隐蔽匿伏”，豁耳兔到现在仍心有余悸，所以很快就牢牢掌握了这一课的内容。

兔妈妈给豁耳兔上的第二课是“定身术”。所谓“定身术”，就是要求豁耳兔在遇到外敌来袭时，不管当时正在做什么，都要保持刚才的姿势，将自己“定身”。这一课是从第一课中拓展出来的。因为棉尾兔身体的多半部分呈灰色或者褐色，很接近生活环境中的树木及土壤的颜色。当它们先将自己“定身”，一动不动地停在那里时，对方难以察觉到它们，它们也就可以找准机会，选择进攻或者逃跑。而当它们处于不停地活动状态时，敌害就可以轻松地看到它们，甚至轻而易举地捉到它们。其实，不论是野生动物，还是猎人，都应该学会这个技巧。这天，兔妈妈拖着棉球一样的尾巴飞快地跑过荆棘丛，身后跟着它的孩子——豁耳兔。突然，快速奔跑的兔妈妈像被施了魔法一样，猛地停下来“定身”了，后面的豁耳兔也立刻跟着停了下来，一动不动。它们在做什么？噢，原来是在实地演练呢！

因为豁耳兔非常听妈妈的话，训练又非常认真，所以它学得很快，不久就掌握了这两种本领。

在生存训练中，豁耳兔最喜欢的本领要数“荆棘丛秘诀”了。这里还有一个与这项秘诀有关的传说呢。

动作描写："爬""拽""顶""踩"等动词，生动、形象地写出了小动物们对蔷薇花的虐待。

在很久很久以前，山野中的蔷薇花枝条上是没有刺的。松鼠随心所欲地爬到蔷薇花枝瞎折腾，袋鼠肆无忌惮地用长尾巴来拽它，牛会用犄角狠狠地顶它，鹿也毫不客气地用蹄踩它，蔷薇花苦不堪言。为了保护蔷薇花，荆棘用尖尖的刺把蔷薇花武装了起来。为此，那些原来随意伤害蔷薇花的动物都恨透了荆棘，与荆棘丛结下了冤仇。只有棉尾兔，它们不会爬树，尾巴很短，没有长角，也没有蹄子，与荆棘丛一直和睦地相处着。棉尾兔从来都没有伤害过蔷薇花，蔷薇花也把棉尾兔当做要好的朋友。当遇到敌人时，棉尾兔会飞快地跑到蔷薇花所在的荆棘丛中躲起来。荆棘丛中有数不清的毒刺，可以很好地帮助棉尾兔摆脱敌人的纠缠。

比喻：将荆棘丛比做"好朋友"，贴切地写出了荆棘丛在兔子们生活中的重要作用。

兔妈妈教给豁耳兔的秘诀是：遇到危险，就躲到荆棘丛中去。有这位好朋友的帮助，保准可以躲过敌人的追击。有时，甚至还可以利用荆棘丛给敌人有力的回击。

除此之外，兔妈妈还耐心地教豁耳兔学习了有关地理方位和荆棘迷宫的知识。豁耳兔虚心学习，很快就全部掌握了。现在，它可以紧挨着荆棘丛，从两条不同的道路跑遍整个沼泽池。不管在什么时候，什么地方，它最多只要跳五下，就可以钻进荆棘丛藏起来了。

这天，豁耳兔正在练习“荆棘丛秘诀”时，发现来了一群人。它赶紧躲了起来。人们停下后，开始在这里“种”一种新的“荆棘”。很快，沼泽地就长出了许多一排排的荆棘。这种荆棘的尖锋利无比，能戳破最结实的皮毛。这些“荆棘”不断地生长着，蔓延着，逐渐成为野生动物最头疼的东西。可兔妈妈和豁耳兔却一点儿也不害怕。它们知道荆棘丛荆棘的刺会伤害到猎狗、狐狸、牛和绵羊，甚至是人类，但是对它们却非常有利。兔妈妈就依靠它逃过了很多次劫难。对棉尾兔来说，荆棘越多的地方，就越安全，不管是哪种荆棘。

不过，需要说明的是，后来人们在这里“种”的这种新的“荆棘”，并不是一种植物，而是带刺的铁丝网。

·我的好词好句积累卡·

参差不齐　横七竖八　心有余悸　随心所欲

沼泽地的边缘有很多郁郁葱葱的松树傲然挺立，有的树干上渗出黏黏的液体，有的松针舒展在空中，散发出怡人的香味儿。

沼泽地中有一片老树林，树木衰败残破，树中有很多枯木横七竖八地躺在地上。

第三章　在训练中生长

整整三个月了，兔妈妈通过言传身教，终于让豁耳兔弄清了哪些东西可以吃，哪些东西不可以吃，哪些东西可以碰，哪些东西千万碰不得。兔妈妈只有豁耳兔这一个孩子，它把全部的爱都倾注到了豁耳兔身上。日子一天天过去，兔妈妈把大半生积累的宝贵的求生技能、生存本领都毫无保留地传授给了豁耳兔。它希望豁耳兔能学好、用好这些知识，以便在危险来临时能安全、迅速地逃开。

豁耳兔聪明好学，在兔妈妈的潜心训练下，它进步得非常快。它不仅学会了用爪子梳理耳朵上的毛发，从身上的毛里剔出草籽，还学会了喝草叶上的露珠。荆棘上那清澈的露珠是最适合兔子饮用的，而一旦落到地面上，露珠就会沾上灰尘。有时它会从兔妈妈的嘴里拽出食物，或者用舌头舔兔妈妈的嘴唇，用来比较自己的食物跟兔妈妈的是否一样；有时在苜蓿地或沼泽丛里，它靠在兔妈妈身边，像兔妈妈那样晃动着鼻子，以此来保持嗅觉的灵敏。

等豁耳兔独立外出时，兔妈妈就教给它怎样用兔子世界的暗号。如，用后脚重重地敲击地面，发出砰砰的声音，急促地敲打一下，表示“小心”或应该马上“定身”；慢敲一下表示“可能有危险，快过来”；快速地敲一下，表示“危险！注意安全”；飞快地砰砰地敲两下，表示“赶快逃命”……兔子敲击的声音可以沿着地面传得很远，而它们听觉又非常灵敏，这样的声音在一百八十米以内它们都可以听到，而一百八十米正是这片沼泽地一端到另外一端的距离。只要豁耳兔不跳出沼泽地，它们随时都可以保持联系。

这天，风和日丽，天空中浮着几朵淡淡的白云，云朵有的像调皮的小马驹，有的像温顺的小绵羊，有的像……白云相互追逐着，嬉戏着，好不快活。树上的蓝背鹅鸟又在唧唧喳喳地叫了，地上的虫儿也奏起了欢快的小曲，天地间一片安详。豁耳兔的心有点儿不安分起来，它想出去玩一会儿。

> 景物描写：通过对白云、蓝背鹅鸟和虫儿的描写，真实形象地刻画了沼泽地安静、祥和的场面。

兔妈妈也觉得天气这么好，应该带孩子出去活动一下。于是它带豁耳兔来到一处空地，让豁耳兔蹲下，自己则悄悄跑到远处。然后它用脚敲打地面，召唤豁耳兔过去。豁耳兔循着声音找了过去，却没有看见兔妈妈。它用脚击打地面，发出信号，也没有收到兔妈妈的回应。豁耳兔有点儿着急，但经过这么长时间的学习，它已经有了自己的主见了。于是它仔细在附近搜寻。终于，它闻到了兔妈妈的气味，并循着气味顺利找到了兔妈妈留下的脚印，进而找到了兔妈妈藏身的地方。原来，这是兔妈妈用捉迷藏游戏来教它本领呢！

通过兔妈妈的悉心传授，豁耳兔已经可以灵活运用兔子生存所必需的大部分技能了。它能熟练地运用“竖立”“躲闪”和“蹲坐”等信号，还有了自己最擅长的技巧：“木疙瘩”“迂回前进”“虚晃一招”和“撤退”。它学会了如何用带刺的铁丝网对付敌人的技巧，虽然没有真正去尝试过，但它很清楚，这个新方法一定非常管用；它学会了用沙子掩盖自己气味的方法，这样就可以极大地减少黄鼠狼一类敌人闻着气味找到自己的可能；它还学会使用“旋转”“篱笆”“幽灵”和“钻洞”这些诡计。当然，它始终都不会忘记“隐蔽匿伏”，这是一切技能的基础。它也不会忘记荆棘丛，这是唯一永远安全的地方。

棉尾兔有很多天敌，猫头鹰、狐狸、黄鼠狼、鼬以及浣熊等。对于这些敌人，兔妈妈教给了豁耳兔不同的妙计来应对，包括如何识别敌人、如何与敌人作斗争。例如，当敌人靠近时，豁耳兔可以通过观察蓝背鹣鸟早早地知道。蓝背鹣鸟有一双敏锐的眼睛，而它的敌人也就是兔类的敌人。

兔妈妈对豁耳兔说：“蓝背鹣鸟大多数时间都停在高高的树上，站得高，看得远，一旦有敌人接近，它很早就会逃走的。虽然它也是我们的敌人，但如果我们躲在荆棘丛里，蓝背鹣鸟就没办法伤害我们了。而通过蓝背鹣鸟的反应，我们可以知道自己附近是不是有危险。”

豁耳兔听得很认真，点点头说：“知道了，我平时可以多观察蓝背鹩鸟，通过它就可以知道自己安全不安全了，对吧？”

语言描写：通过兔妈妈和豁耳兔的对话，把兔妈妈悉心传授豁耳兔经验的过程具体地描写了出来。既体现了兔妈妈生活经历的丰富，也体现了豁耳兔认真学习的态度。

“大体上是这样的，但是对蓝背鹩鸟你要多长一个心眼儿，因为它们常常也会说谎来捉弄你。当然，如果它预告有危险来临时，那基本上你还是可以相信它的话的。”

“噢，是这样啊！”豁耳兔若有所悟地点了点头。

在与敌人周旋的方法中，“打洞”这一招似乎很不错，因为挖洞是兔子天生的本领，而一旦钻进洞中，狐狸或鹰甚至是猎狗就毫无办法了。刚出道的小兔子经常用这一招，但是历尽风霜的老兔子，不到万不得已的时候，是不会用的。因为这种方法只有在很好地了解敌人的基础上才能确保万无一失，聪明的兔子使用这一招是比较安全的，但要是换成一只笨兔子，这招会让它送命的。比如说，如果来的敌人是雪貂、臭鼬或黄鼠狼等，它们本身也会打洞，对它们用这招无疑是在自掘坟墓了。

豁耳兔有一项最喜欢的本领，最后竟成了对付敌人最拿手的必杀技。那就是利用人们“种”的新荆棘——铁丝网。与带刺的铁丝网打交道是需要技巧的，而且还要配合脚跟的动作。豁耳兔用了很长时间才练成了这一绝技。

成语："唾手可得"生动地写出了运用好这项本领的一个重要因素：给敌人造成轻易地就可以被捕捉到的假象。

兔妈妈对豁耳兔说："要想把这招用好，首先要想办法把敌人从想法上控制住，让它觉得你很笨，唾手可得却又总是差那么一点点，这样就能牢牢地吸住它，而后激怒它。在它被激怒时，把它快速地引到带刺的铁丝网跟前，然后你突然来个大拐弯儿。敌人一心只想捉住你，必然会忽略铁丝网的存在，而一头撞过去。我以前见过，很多猎狗和狐狸就是这样撞成重伤的，还有一只猎狗当场就丧命了呢！"

"太好了！太好了！我以后就用这种方法对付那些可恶的敌人。"豁耳兔兴奋地喊道。

"不过，这个方法也很危险，有许多兔子在使用这个方法时不小心丧命了，不到万不得已，你不要随便用这种方法。"兔妈妈语重心长地说。

豁耳兔非常崇拜兔妈妈，当然听兔妈妈的话了。

年轻的豁耳兔已经学到了很多兔子一生都无法学到的东西。自己的孩子眼见长大了，不仅拥有了强健的身体，还有一个聪明的头脑。兔妈妈看在眼中，喜在心里。

·写一写，练一练·

1）给下列加点字注音。

擅长——（　　）　　鹈鸟——（　　）

2）用下列词语造句。

言传身教——

敏锐——

第四章　豁耳兔的三处“别墅”

在沼泽地南端阳面的一个小山丘上有一个地洞，洞周围长着茂密的杂草，这里是豁耳兔母子的第一处“别墅”。天气晴好时，兔妈妈就和豁耳兔来到这里晒太阳，接受阳光的爱抚。它们躺在松软的草丛间，舒坦地伸展开身子，不时地把身子翻一翻，就像烧烤一样，烤烤这边，烤烤那边，希望把两边都烤好似的。它们的身子一扭一扭的，眼睛一眨一眨的，看起来好像很痛苦，其实这是它们最舒适的时候，也是它们最喜欢的一种娱乐方式。

比喻：把兔妈妈和豁耳兔晒太阳不断翻身的样子比喻成烧烤，形象又生动。

洞的上方有一个巨大的松树桩子，树根弯弯曲曲的，从黄色的沙子里挺了出来，像一条蜿蜒盘旋的巨龙一样。地洞就在“龙身”盘曲的空隙间，很隐蔽，也很坚实。

动词：一个“挺”字，把树根从沙土中长出来的样子极生动地描绘了出来，准确、恰当。

地洞原本是一只土拨鼠挖的。那是很久以前，一只土拨鼠找到这个绝佳的处所，打了个地洞，安下了家。可是，这只土拨鼠脾气暴躁，有一天，它在家门口居然跟奥利凡特家的猎狗吵起了架。结果，被盛怒的猎狗一气赶出了沼泽地，再也没敢回来。

后来，兔妈妈发现了地洞，就把这里改造成了自己的“度假屋”，时不时来这里晒晒太阳。有危险了，就钻进地洞躲起来。

有段时间，一只小黄鼠狼强占了这个地洞。这只小黄鼠狼如果有勇气的话，应该还可以在这里住更久的。可后来它非但没有将兔妈妈彻底赶跑，反而在刚住了七天后，就被兔妈妈想办法永久地赶了出去。

在苜蓿地旁边的沼泽地里还有另一个地洞，这算是豁耳兔母子的第二处“别墅”吧。那是一个羊齿洞，周围长满了蕨类植物。这个地洞潮湿、狭小，只有在小动物们走投无路时，它才能够被派上用场。地洞的主人原来也是一只土拨鼠，它性情温和，对其他动物也非常友善，但却不够小心谨慎。现在，它的皮已经被人类做成了鞭子。拿鞭子的老头儿说：“土拨鼠是我们种粮食养大的，用它的皮做鞭子也算是它的一点儿报答了。”

成语：“走投无路”的意思是“无路可走，已到绝境”，这里表达的是小动物们在处境极其困难，实在找不到出路的情形。

如今，这两处“别墅”都已经完全属于兔妈妈和豁耳兔了。当然，不到万不得已时，它们是绝不会长时间居住在这里的，唯恐时间长了，留下什么蛛丝马迹，让敌人发觉，引来杀身之祸。其实，它们的藏身之处还有一棵空心的山胡桃树。虽说这棵树的树干已经摇摇欲坠了，可树叶还是绿油油的。这棵树最大的好处就是它的两头是相通的。以前，这里住过一只孤独的老浣熊，名叫洛特。它那诡异的叫声就像是待捕的青蛙。独居的洛特看起来像个老和尚，表面看起来是个正人君子，似乎一点儿荤腥也不沾。可是，只要有一段时间吃不到肉，它就会坐卧不安。终于，在一个月黑风高的夜晚，它偷鸡时失手，被人类捉住杀掉了。于是，兔妈妈毫不费力气地又拥有了一个温暖舒适的大“别墅”。

· 我的好词好句积累卡 ·

爱抚　舒坦　暴躁　小心谨慎

它们躺在松软的草丛间，舒坦地伸展开身子，不时地把身子翻一翻，就像烧烤一样，烤烤这边，烤烤那边，希望把两边都烤好似的。

洞的上方有一个巨大的松树桩子，树根弯弯曲曲的，从黄色的沙子里挺了出来，像一条蜿蜒盘旋的巨龙一样。

第五章　不听话的孩子

沼泽地里有一片池塘，池塘后的堤岸上长着许多绿油油的臭菘，它们的影子密密地投射在土褐色的沼泽丛里。八月的早晨，阳光明媚。池塘里，一只咖啡色的小麻雀快活地上下翻飞着，蔚蓝色的天空倒映在平静的水面上，绿色的浮萍在水面上飘荡着，这一切构成了一幅美丽的图画，而小鸟的倒影正好点缀在画的中央。

沼泽地里的麻雀无法辨别美丽的色彩，但能看清楚人类所忽视的事物：宽宽的臭菘叶下有很多褐色的小包，小包中间有两个毛茸茸的小东西，它们一动不动，可是鼻子却在不停地一张一合。这两个毛茸茸的小东西就是兔妈妈和豁耳兔。它们之所以躲在臭菘下，并不是因为喜欢这里的腥臭味儿，而是为了避开令它们心烦的麻雀的唧唧喳喳的叫声。因为麻雀无法忍受这种气味。它们躲在这里，便可以享受片刻的清静与安宁。

兔子的功课从来没有固定的作息时间，它们随时随地都在学习。具体学什么则完全取决于当时的形势。豁耳兔和妈妈本来想在这里静静地休息，可刚待了一会儿，就听见蓝背鹩鸟发出了警报。这一次，蓝背鹩鸟没有骗它们，因为豁耳兔已经看见奥利凡特家的大狗从对面跑过来了。

“宝贝儿，快蹲下！”兔妈妈一脸严肃地说，“我去把那个笨蛋引开！”说完，它镇定地向大狗冲了过去。虽然豁耳兔已经长大了，并且学到了它的全部本领，但危险真的来临时，兔妈妈还是会义无反顾地冲在前面。母亲就是这样，永远都会把危险带走，把安全留给孩子。

成语：“义无反顾”这个富有夸张色彩的成语将兔妈妈对孩子的爱淋漓尽致地表现了出来。

大狗突然发现猎物，立即汪汪地狂吠着追了上去。兔妈妈飞快地向远处跑去。它机敏地东跳一下，西跳一下，不紧不慢地跑着。大狗疯狂地追着，虽然只差那么一点点，可始终都咬不到兔妈妈。当兔妈妈把大狗引到一处隐蔽的铁丝网尖刺面前时，突然一顿，像停住了一样。大狗以为兔妈妈跑不动了，喜出望外，立即猛扑过去。说时迟，那时快，兔妈妈突然转身折向原来的方向斜着跳出。大狗一下子扑了个空，这时它再想收身已经来不及了，一头撞向了“荆棘”，被尖刺扎得头破血流。它痛苦地低叫着，踉踉跄跄地跑开了。

成语：“喜出望外”，简洁明了的成语，传神地刻画出大狗以为自己可以捕到美味大餐时的无比喜悦的心情。

聪明的兔妈妈又设置了很多障碍，以防大狗回来报复。等弄好了这些，兔妈妈才放心地回头来找自己的孩子。它发现豁耳兔站得笔直，脖子伸得长长的，正津津有味地看热闹呢！

“这个冒失的孩子，真是一点儿都不听话！为什么不老老实实地藏伏着呢！”兔妈妈生气极了，后腿一抬，就把豁耳兔踢到了泥里，算是对它不听话的惩罚。

·写一写，练一练·

1）请写出下面词语的反义词。

美丽——（　　）　清静——（　　）

2）给下列加点的词加上拼音。

踉踉跄跄（　　）　惩罚（　　）

第六章　借助水的力量

“借助水的力量”，是兔妈妈教给豁耳兔的另一门重要课程。这门课程比较深奥，只有聪明的兔子才能理解其中的奥妙。

形容词：“潺潺”形容水缓缓流动的样子，用词贴切、精练。

流水是一种有魔力的东西。修筑铁路的工人可以轻松地在宽阔的沼泽、湖面甚至海面上架起枕木，但是面对潺潺的流水，他们却必须要特别小心。森林里的动物被敌人一路穷追猛打，在筋疲力尽的时候，上天往往会安排它找到潺潺的流水，它们喝到水，很快便可以恢复元气。猎狗循着动物的气味来到溪边，却发现追踪的线索突然断了——原来流水驱散了动物的气味，保护了被追捕的动物不受伤害。

“除了荆棘，流水也可以帮你保护自己。”兔妈妈这样教导孩子。

八月的傍晚，天气有些闷热。兔妈妈带着豁耳兔来到池塘边。附近的树上有许多雨蛙，个个鼓起腮帮，呱呱地叫个不停。池塘里的水中漂着一块枯木，一只牛蛙蹲在上面，仿佛一个悠闲的渔夫，鼓起肚皮，开心地放声高歌。

比喻：这句话把蹲在枯木上的牛蛙比喻成“悠闲的渔夫”，生动形象地写出了牛蛙悠闲自得的样子。

“宝贝儿，跟着我！”兔妈妈说着，纵身跳进了池塘里，向那块木头游去。豁耳兔有点儿害怕，但还是鼓起勇气“扑通”一声跳进了水里。它一边晃着小鼻子呼吸，一边模仿着妈妈的动作。很快，它欣喜地发现，自己也会游泳了。它游啊游，很快游到了那块木头边。兔妈妈身上还滴着水，就从木头较高的一端把豁耳兔拽了上去。

这是一湾宁静的池水，四周长着茂密的灯芯草。兔妈妈和豁耳兔刚洗了凉水澡，在枯木上尽情地享受着。它们的旁边依然蹲着那只牛蛙。牛蛙是它们天生的朋友，也是安全的向导。危险来临时，牛蛙会提前发出警报，帮助朋友逃离。

时间一点点地过去了，转眼夜幕已经降临，在闷闷的晚上，一只来自普林菲尔德镇的狐狸也出来活动了，它对豁耳兔母子早已垂涎三尺。这不，它正悄悄地接近想干坏事呢。眼尖的牛蛙发现了，大叫了起来：“危险来了，快逃啊！”于是，大家便都躲进了水中。转眼间，狐狸的视野里只剩下一片黑漆漆的水面和一段枯木。没有了声音，没有了气息，狐狸毫无办法，只好悻悻地离去了。

成语：“垂涎三尺”生动形象地将狐狸极想把豁耳兔母子作为美食的心理刻画了出来。

·我的好词好句积累卡·

深奥　　潺潺　　尽情　　垂涎已久

附近的树上有许多雨蛙，个个鼓起腮帮，呱呱地叫个不停。

池塘里的水中漂着一块枯木，一只牛蛙蹲在上面，仿佛一个悠闲的渔夫，鼓起肚皮，开心地放声高歌。

第七章　拔掉的其实是陷阱

苜蓿被称为“牧草之王”，也有人叫它们“三叶草”，还有的人叫它们“幸运草”，因为苜蓿是种优良的牧草，各种畜禽都喜欢食用，所以当然也是兔子最爱吃的食物之一。苜蓿的含钙量很高，对正在成长的兔子来说，多吃苜蓿能促进骨头的生长，就像人多吃肉对身体有好处一样，多吃苜蓿对兔子来说非常重要。

一天，兔妈妈带着豁耳兔到附近的苜蓿地里觅食。正当豁耳兔津津有味地吃着苜蓿时，一只红尾鹰从后面猛地扑了过来。兔妈妈刚好发现了，它一边蹬起后腿吓退敌人，一边带着豁耳兔拼命地逃向通往荆棘丛的小路。它们很快就甩掉了敌人。路上长满了各种各样的植物，几乎看不清路面了。兔妈妈一边观察着红尾鹰的动向，一边快速地拔掉那些植物。豁耳兔也模仿着妈妈，一边跑，一边拔。

成语：“津津有味”生动地刻画出了豁耳兔兴致勃勃、有滋有味地吃苜蓿时的样子。

顺利摆脱了红尾鹰的捕捉，母子俩停了下来。兔妈妈对豁耳兔刚才的表现很满意，夸赞道：“干得好，宝贝儿！”豁耳兔不解地问：“妈妈，您为什么夸我呢？”“夸你拔掉了路上的杂草啊！”兔妈妈笑了。“我见妈妈拔了，想必一定是有道理的，所以我也边跑边拔，可是却不知道为什么要拔！”豁耳兔挠了挠耳朵，不好意思地说。“我们兔子逃跑时，保持道路畅通是很重要的！说不定什么时候，我们还会用上这条路。路不需要很宽，但一定要好走，咱们得把这些‘拦路虎’通通拔掉。总有一天，你会发现我们拔掉的其实是陷阱。”兔妈妈的话似乎不太好懂。豁耳兔睁大眼睛，挠着耳朵，好奇地问：“妈妈，你说什么？”兔妈妈解释道：“孩子，你不知道，猎人捕猎的方法有一种是陷阱。有陷阱的地方看起来跟这些植物没什么两样，那是因为猎人用植物把陷阱的上方伪装得足以以假乱真。可是隐藏在植物堆里的陷阱，比红尾鹰还厉害，一旦掉进去，就一定会被猎人抓去杀掉的。所以，我们平时把路过的杂草都拔掉，以后只要我们不去踩那些有杂草的路面，就不会有危险了！”

动作描写：“挠了挠耳朵”生动地再现了豁耳兔受到表扬时既高兴又有点儿不好意思的样子。

豁耳兔经历的事毕竟还少，它在一棵小树上蹭着自己的下巴和胡须，不在乎地说：“我不信！陷阱真有那么可怕吗？”“真张狂！你个死小子！这样的态度会害了你的！”兔妈妈嘴上虽然这么说，但心里还是很高兴的。因为它发现豁耳兔已不再是那个什么都不懂的毛头小子了。

· 我的读后感 ·

豁耳兔真是一个乖孩子，它看到妈妈拔草就非常自觉地跟着妈妈一起；豁耳兔真是一个好学的好孩子，它不懂就问，学到了很多知识；豁耳兔真是一个不谦虚的孩子，兔妈妈告诉它陷阱很危险，可它却一点儿也不在乎！我要学豁耳兔做一个自觉做事的乖孩子，做一个好学的好孩子，而不学它那不谦虚的态度。我要让爸爸妈妈对我放心，以我为骄傲！

第八章　豁耳兔与朗布的游戏

兔类在这个世界上，是最弱小的种群之一。它们没有攻击其他动物的有力武器，也没有保护自己的特殊本领。它们永远处在受攻击和受侵害的地位。狐狸、黄鼠狼、浣熊、鼬鼠、雪貂、蛇、鹰、猫头鹰，等等，都是它们的天敌，甚至就连昆虫都可以置它们于死地。棉尾兔的一生大多是在逃避各种敌人的迫害中度过的。

棉尾兔的生命迟早会结束，早与晚取决于它们在敌人的追捕下能存活多久。一只兔子只要能平安地度过青年时期，就能平安地度过中年时期，只会在生命开始走下坡路的老年时期遭遇不测。

形容词："数不尽"写出了兔妈妈和豁耳兔所遭遇到的危险非常多。

兔妈妈和豁耳兔生活在这片沼泽地里，躲过了数不尽的磨难。但总有一天，它们还是会遇到飞来横祸的。那只可恶的普林菲尔德镇来的狐狸就曾多次追踪兔妈妈和豁耳兔，兔妈妈和豁耳兔只有躲到带刺的铁丝网围成的破猪圈里。一躲到这儿，它们就变得从容不迫了，尽可以得意地看着狐狸气急败坏的样子。狐狸无论是冒着被尖刺刺穿腿的危险，还是使尽浑身的解数引诱它们出来，都没能抓到兔妈妈和豁耳兔。

有一次，猎狗发现了豁耳兔，恶狠狠地穷追不舍。突然，聪明的豁耳兔遇到了狼，它巧妙地挑拨起猎狗和狼的关系，使它们展开了一场恶斗，自己则趁机逃跑了。

最危险的一次，是猎人带着他的猎狗和雪貂里应外合、活捉了豁耳兔的那次。可第二天，豁耳兔居然找到机会逃了出来。

有好多次，豁耳兔被猫赶到水里，还曾遭到过老鹰和猫头鹰的追捕。但无论碰到什么危险，它都能想方设法地保护自己。兔妈妈把最基本的生存秘诀都教给它了，而且随着年龄的增长、阅历的增多，豁耳兔自己也不断总结出各种新的秘诀。渐渐地，它不再相信自己的腿，而是更多地依靠经验和智慧逃过危险了。

奥利凡特有一条猎狗叫朗布。朗布小的时候，主人为了训练它的追捕技能，时常把它放在兔妈妈和豁耳兔经常出没的路上。豁耳兔常常成为朗布的追捕对象。

不过，对于年轻的豁耳兔来说，朗布并不能构成真正的威胁，它正好拿朗布来练习兔妈妈教的各种技巧。奔跑对豁耳兔来说，是一种享受，而小小的危险又为奔跑增加了一些刺激。回家后，豁耳兔总跟兔妈妈说："妈妈！我回来啦！今天猎狗又来追我了，不过我又成功地逃掉啦！"

语言描写：这段对话将豁耳兔对猎狗追赶满不在乎的心理状态形象地描写了出来，也从侧面体现了豁耳兔已经掌握了很多生存的秘诀。

“孩子呀，你的胆子也太大了！这样是很危险的！”兔妈妈不无担心地说。

“妈妈，捉弄那只笨狗太好玩儿了，而且这也是很好的锻炼机会呀！你放心吧，它捉不到我的！”豁耳兔咧开嘴笑着回答。

就这样，豁耳兔依然时常到处跑着玩，朗布依然会时常一路追着它跑。豁耳兔有时会跑东跑西，用脚敲击地面，戏弄朗布。有时它会想个巧妙的方法把朗布弄得晕头转向或遍体鳞伤。它已经把与猎狗周旋的技术发挥到极致了。

动物的身体离地面越近，气味传播得就越快。而身体温度高时，比身体温度低时散发出来的气味要强烈得多。豁耳兔深谙这一点。所以休息时，它会尽量离开地面，爬到高一点儿的地方，安静地待半个小时，让身上的温度降下来，以减淡自己身上发出的气味。

有一次，它被朗布追了好久仍没办法脱身，就钻进了岸边的荆棘丛里。它先是奔到荆棘丛里的A处，然后跑到一根高原木那儿，又回到A处停一下，接着跑到荆棘丛的B处，返回A处，再跑到C处，再返回A处。等朗布到了C处时，它又从A处返回B处，绕一个圈儿或跳一下，重新回到高原木那儿，迅速蹿到木头较高的一端，安静地隐蔽起来。

动词：“蹿”准确而又生动地写出了豁耳兔的跳跃本领的高超。

朗布在这个大迷宫里绕了很久，才能走出来。它来到A处，发现气味很微弱，便在四周寻找豁耳兔的线索，这又要耽误它老半天的工夫。当它走到B处时，发现追寻的路突然断了。朗布找得晕头转向，不停地在附近打转，最后它倒是搜寻到了豁耳兔正蹲着的木头下面。可是天气很冷，豁耳兔身上的气味非常弱，加上那根木头又非常高，所以朗布闻不到豁耳兔的气味。被折腾得筋疲力尽的朗布，一无所获，只好垂头丧气地离开了。

成语："筋疲力尽"恰如其分地刻画出了朗布在豁耳兔的迷宫里一顿折腾后疲惫不堪的样子。

"朗布真是个大笨狗！"豁耳兔长出了一口气，嘲笑着就要跳下木头。突然，它发现朗布又折回来了。这次，它从高原木较低的那端走过，并停下来用鼻子仔细闻了闻："这一定是棉尾兔的味道！"虽说气味已经不是很新鲜了，可朗布还是爬上了木头。

朗布爬过来了，危险也就逐渐向豁耳兔逼近。可豁耳兔却不害怕，它坚信自己的选择是正确的。果然，朗布爬了几步就停了下来，显然它没有发现木头另一端的豁耳兔。最后，朗布跳下木头走了。豁耳兔又转危为安啦！

·写一写，练一练·

1）请写出下面词语的反义词。

弱小——（　　）　平安——（　　）

2）给下列加点的词加拼音。

咧嘴（　　）　　遍体鳞伤（　　）

第九章　来自同类的威胁

兔子不喜欢群居的生活。当豁耳兔渐渐成年时，兔妈妈也就渐渐地远离它了。豁耳兔经常独自在外面活动。

冬天快到了，豁耳兔来到红山茱萸丛中，它打算开辟一条通向溪边灌木丛的新路。突然，它看见一只陌生的兔子出现在远处的空地上。豁耳兔除了自己和妈妈，还没见过其他兔子呢。所以，它一直认为这世界上除了妈妈之外，就没有其他的兔子了。可是现在，它突然发现了一个同伴，不禁欣喜若狂，马上奔过去打招呼。

成语："欣喜若狂"生动地写出了豁耳兔看到了从未见过的同伴时异常兴奋的样子。

可是，令它没有想到的是，新来的兔子对它视而不见，却停在一棵树下蹭起了脸。这棵树是豁耳兔曾经蹭脸的地方。兔子的世界有一条不成文的规则，首先在树上蹭脸的兔子，树木会沾上它的气味，等别的兔子过来时，它们就会明白这片沼泽已经有主人了。而其他新兔子来到这儿后，可以凭借气味，判断上一位蹭脸者是不是老朋友。另外，测一下蹭脸的地方到地面的距离，还可以判断出之前蹭脸的兔子的身高。

新来的是一只雄兔子，高高大大的，比豁耳兔足足高出一头，通过蹭脸它已经清楚地知道这里原来的兔子肯定不是自己的对手，所以它根本不在意这里是不是已经有主人。

豁耳兔心里有一种异样的感觉，它感受到了自己的领地即将受到外来的侵略了。

果然，新来的兔子很霸道，它居然让豁耳兔马上滚出这片沼泽地。豁耳兔愤怒地跳到一块平坦的地上，用脚砰砰砰地敲打着地面，大喊道："你才应该马上从我的地盘上滚出去呢！"

新来的雄兔子很不讲道理，它全没把豁耳兔放在眼里。二话没说，上来就咬。豁耳兔机灵地跳开了。

本来，豁耳兔刚才那是因为愤怒说出来的气话，要真动手，它心里还真没底儿。新来的雄兔子个头儿高大，肌肉发达，看着就很吓人。可是豁耳兔很快就发现，这只雄兔子除了身强体壮之外，就再也没有什么其他的本领了。

雄兔子又扑过来了。这次，豁耳兔勇敢地迎了上去，当它们快要碰到一起时，双方同时跳了起来，用腿使劲蹬向对方。雄兔子身高上占尽了优势，这样打，豁耳兔很吃亏。为避免受伤，豁耳兔在另一回合时中途突然蹲了下来。新来的雄兔子扑了空。就这样，你来我往，一场恶战开始了。

场面描写：用"跳""蹬""蹲"等动词，把豁耳兔与新来的雄兔子之间的激烈而又富有策略性的斗争场面生动地描绘了出来。

豁耳兔的腿脚很灵活，一发现形势对自己不利，就飞快地跑开。新来的雄兔子虽然凶猛，但根本没有办法碰到它。不过，豁耳兔毕竟没有对方力气大，一个躲闪不及，受了伤。

豁耳兔见打不过，便三十六计走为上，撒腿跑开了。新来的雄兔子哪肯罢休，在后面穷追不舍。它一心想置豁耳兔于死地，然后霸占这块沼泽地。

豁耳兔的奔跑速度很是了得。而雄兔子由于个头儿大，身体笨重，所以奔跑起来，根本没法和豁耳兔比。最后，它只得眼睁睁地看着豁耳兔消失在沼泽地中了。

可怜的豁耳兔跑得筋疲力尽，身上还受了伤，它心里充满了恐慌。以前，它接受的技能训练都是对付猫头鹰、猎狗、黄鼠狼等这些天敌的。而当面对自己的同类时，这些技能根本无法发挥作用了。

其实，雄兔子恶狠狠地追赶豁耳兔时，兔妈妈已经赶来了。可对这样的同类，它也没有办法，只好躲了起来。但令它没想到的是，雄兔子不知怎么发现了它。兔妈妈拼命地逃，然而终究没有豁耳兔年轻，最后不幸被雄兔子撵上了。不过，雄兔子倒不想杀掉兔妈妈，也不想赶走它，只想跟它组成一个新家庭。

这样无理的要求，兔妈妈怎么会答应呢？于是它趁雄兔子不注意，溜走了。可是，这并不能摆脱雄兔子的纠缠。兔妈妈跑掉后，雄兔子恼羞成怒，它每天都四处寻找兔妈妈，找到后就强迫兔妈妈跟它成家。有一次，它见兔妈妈一直固执地不肯与它交朋友，就暴跳如雷地把兔妈妈撞倒，直到扯下兔妈妈身上的几撮绒毛，怒火才稍稍平息下来。

雄兔子要杀掉豁耳兔的想法始终没有改变，豁耳兔不得不时刻保持警惕，它不敢睡觉，随时得做好逃跑的准备。这样的日子真悲惨！

看着兔妈妈不断地被可恶的雄兔子欺负，自己还要提心吊胆地提防雄兔子的追打，连自己温暖舒适的小窝和辛勤开辟的小路，也都被这个无耻的强盗夺去了。豁耳兔一想到这些，恨不得马上抓住雄兔子，把它撕成碎片。不过，它虽然愤怒，但一时也找不到对付雄兔子的好办法。

通常，同类动物之间即使有再大的仇恨，一旦遇到共同的敌人也会冰释前嫌，共同对付敌人。可是雄兔子却不是这样的。那天，一只老鹰扑向沼泽地，想抓住这几只美味的兔子。雄兔子躲得远远的，却想方设法地把豁耳兔赶到苍鹰的视线中。

有几次，豁耳兔差点儿就被老鹰抓住了。幸亏它跑得快，躲进荆棘丛，锋利的尖刺将苍鹰挂住了，豁耳兔才有机会逃过一劫。

豁耳兔暂时脱离了危险，可它没办法快乐起来。它想带着妈妈离开这里，去寻找一个安全、舒适的新家。

一波未平，一波又起。这不，麻烦又来了！猎狗朗布正沿着沼泽地边闻边向这边走来，它一定是在搜查自己和妈妈的下落。豁耳兔决心冒着生命危险与朗布周旋一把。它故意从朗布眼皮底下跑了过去，朗布果然上当了，对它穷追不舍。豁耳兔绕着沼泽地整整跑了三圈儿，直到它确信妈妈已经找到安全的藏身之处，才跑向原来那个温暖舒适的窝里。那只可恶的雄兔子正在窝里舒舒服服地躺着呢！豁耳兔气坏了，怒冲冲地扑向雄兔子，用后脚对准它的脑袋就狠狠地踹了几下，然后飞快地跳出了窝里。

动词："扑""踹""跳"这几个连续的动作，准确而又贴切地写出了豁耳兔对雄兔子的痛恨之情和身手敏捷的特点。

雄兔子勃然大怒，跳起来喊道："你这个白痴！卑鄙的家伙！看我不杀了你才怪！"嘴里喊着，扑向了豁耳兔。突然，雄兔子呆住了。它发现自己正夹在豁耳兔和猎狗朗布之间，即将被卷入一场恶斗中。

猎狗一见肥硕的雄兔子，喜出望外，立即丢下豁耳兔，狂叫着向雄兔子扑过来。与同类搏斗时，雄兔子硕大的个头儿有很大的优势。可当它遇到猎狗后，这些优势反而成了致命的弱点。更何况雄兔子掌握的技能太少了，只会一些简单的"周旋""喘息"和"藏匿"。在这场战争里，"周旋"和"喘息"是无法使雄兔子脱离危险的，至于"藏匿"呢，这里实在找不到可以容身的地方。

这场大战可真激烈。蔷薇花虽然也用尽全力来帮助雄兔子，但是好像帮不了太大的忙。训练有素的朗布总是展开又快又稳的进攻。不过在荆棘丛里，它也吃尽了苦头，荆棘的尖刺撕裂了它娇嫩的耳朵。豁耳兔和妈妈躲在荆棘丛中，听着附近的噼啪声和朗布的叫喊声。

突然，一声可怕的尖叫声响起——雄兔子被朗布咬死了！豁耳兔吓得一哆嗦，然而，它很快就高兴起来了。

雄兔子死了，豁耳兔和妈妈又重新成为沼泽地的主人了。

·我的好词好句积累卡·

霸道　身强体壮

豁耳兔愤怒地跳到一块平坦的地上，用脚砰砰砰地敲打着地面，大喊道："你才应该马上从我的地盘上滚出去呢！"

猎狗一见肥硕的雄兔子，喜出望外，立即丢下豁耳兔，狂叫着向雄兔子扑过来。

第十章　沼泽地的新主人

一月份时，冰雪消融，奥利凡特家的人把绝大部分带刺的铁丝网拆掉，而且把池塘四周的大树也砍光了，老奥利凡特想在这里建造一个新的家园。这片沼泽地属于奥利凡特一家，他们当然有权利这样做。不过，这使得兔妈妈和豁耳兔的领地就大大缩减了。

兔妈妈和豁耳兔在沼泽地里住了很久了，它们已经把自己当做是这里的主人了。如果有其他同类想来这里生活，它们就会感到很不快和不安的。它们守着这片沼泽地，就像农民守着自己的土地一样。

比喻：把兔妈妈和豁耳兔守着沼泽地比喻成“农民守着自己的土地”，形象而又生动地写出了兔妈妈和豁耳兔对沼泽地的热爱。

尽管领地越来越小，而且失去了铁丝网这样好的退敌武器和安全屏障，它们的生活充满了危险，可它们依然不想搬到别的地方去。这儿是它们出生和长大的地方，它们对这里的一草一木都充满了感情，根本舍不得离开。

虽然生存环境差了些，但它们还是快乐地觅食，静静地观察，安静地生活着。不过，最近一个不速之客给它们带来了不少麻烦：一只貂侵入沼泽地，总是想方设法地要吃掉它们。兔妈妈和豁耳兔母子巧妙地与它周旋了一段时间后，觉得成天躲避总不是办法，得想个一劳永逸的法子才好。于是，那天貂又一次来侵犯时，聪明的兔妈妈用计把它引到了奥利凡特家的鸡舍里。不过，那里毕竟是极其危险的地方，兔妈妈也不敢久留。它把貂骗到那里后，赶紧跑开了。不知道奥利凡特家的人和猎狗最后有没有抓住这只讨厌的入侵者，反正它们后来再也没有见到这个家伙。但是因为没有确切的消息，它们只能继续坚守在越来越小的荆棘丛和灌木丛中，一直不敢躲到洞里去。因为貂也善于在洞里活动，躲在洞里是没办法逃避来自貂的危险的。

初雪过后，天气渐渐好转起来。兔妈妈开始仔细地在灌木丛里找一种茶果，用来治疗它的风湿病。豁耳兔也想帮妈妈寻找，但它实在不认识那小东西，总是给妈妈添麻烦。没办法，它就在妈妈附近的沙滩上，晒晒太阳，接受一下大自然温暖的爱抚。

清晨，奥利凡特家的烟囱里升起袅袅的炊烟，这些炊烟像轻纱一样漂浮在灌木丛的顶端，在沼泽地上空形成一片朦胧的灰蓝色雾霭。在蓝天的映衬下，那一缕缕暗淡的棕色炊烟，把这个小小的世界打扮得格外迷人。太阳爷爷也来凑热闹，把金色的胡须挂在山墙上，眼前的世界变

景物描写：通过优美的语言，描写出了童话般美丽的清晨景象，描画了豁耳兔和妈妈生活的暂时的祥和与宁静。

得金灿灿的了。有几缕阳光射进阴暗处的紫色的荆棘丛，荆棘丛也仿佛变成了一簇簇燃烧的火焰了。奥利凡特家的房屋外，挺立着一座小小的仓房，这时笼罩着一种金色的诱人的光彩。

豁耳兔的鼻子里传进奥利凡特家饭菜的清香，它不禁深吸了一口气。呀，那里面夹带着白菜的气味！想到美味的白菜，豁耳兔的口水都要流出来了。但是，昨晚为了吃几根苜蓿尖儿，已去过一次仓房了。现在，那里面一定有它最喜欢的白菜。可是，聪明的兔子会连续两个晚上跑到同一个地方吗？当然不会啦，那有多危险呀！

太阳下山了，太阳爷爷收起了所有的光芒。夜幕像一扇巨大的窗户，缓缓地合了起来。漆黑的暮色犹如点在画纸上的墨汁一样，逐渐扩散开来，直到染黑了整个天空。夜风呼呼地刮了起来，把白天太阳留下的那一点点温暖吹得丝毫不剩。气温越来越低，似乎比白雪皑皑的冬天还要寒冷。

比喻：把“夜幕”比做“巨大的窗户”，把“漆黑的暮色”比做“画纸上的墨汁”，形象生动，富有动感，再现了天色渐黑时的景象。

“好冷啊！要是能到松树洞里去躲躲就好了。”豁耳兔说。“可是，我们不知道那只可恶的貂现在是不是还活着。我们不能冒险！不然，万一它回来了，我们就没活路了。”兔妈妈不无担心地说。

风越来越大，气温也越来越低，天空中还飘起了鹅毛大雪。兔妈妈母子爬进池塘南面山坡中的一片灌木丛里，紧紧靠在一起。它们的脸都朝外，鼻子对着不同的方向，蜷着身子准备睡觉。它们为什么这样做呢？这是兔子家庭的生存秘诀。一旦有危险来临，它们就可以分头逃跑了。

这样风雪交加、天寒地冻的夜晚，应该不会有谁出来捕猎吧？那可不一定！瞧，那只狡猾的普林菲尔德镇的狐狸就偏偏在这个时候出动了。它来到了灌木丛的背风口，一下子就闻到了兔子的气味。

兔妈妈和豁耳兔又冷又饿，迷迷糊糊地睡着了。它们正做着美梦，梦见眼前都是大棵大棵的白菜，正津津有味地啃着呢！狐狸蹑手蹑脚地钻进灌木丛，它天生有一副灵敏的鼻子，根据风中的气味它毫不费力地就找到了兔子睡觉的地方。

此时，风声大作，周围一片嘈杂。不过，与生俱来的警觉，还是让兔妈妈在最后关头听到了狐狸脚踩枯叶发出的细微声响。兔妈妈快速碰了碰豁耳兔的胡须，豁耳兔立即清醒过来。可是还没等它们做出动作，狐狸已经扑了过来。就在这千钧一发的时刻，兔妈妈机灵地率先冲了出去。狐狸眼见就扑到了兔妈妈的身上，没想到竟然让它在自己的利爪底下溜了，不禁大怒，起身追了过去。豁耳兔来不及顾及其他，一个箭步蹿出去后，飞快地向另一个方向逃去。

成语：富有夸张色彩的成语“千钧一发”，恰切地描写出了当时情况的紧急。

兔妈妈一口气跑到池塘边，穿过了茂密的水草。现在它想摆脱狐狸，就只有一个方法了。那就是利用未冻的泥浆，把狐狸甩开。于是，它毫不犹豫地向深水中扎去。

狐狸追到池塘边，看到兔妈妈一头扎入水中，也紧随其后，跳进水里。可在这样寒冷的泥浆里，游泳对狐狸来说还真不是一件轻松的事。没办法，狐狸只好吃力地返回岸上。

兔妈妈在水中奋力前进着，它一边把耳朵压平，减少风带来的阻力，一边用尽全力，拼命向对岸游去。可是那细细的冰碴儿和流动的泥浆，无时不在拉扯着它的身体，阻止着它前进。

动词："拉扯"这个拟人化的词语，将冰碴儿和泥浆对兔妈妈前进造成的阻碍极生动地写了出来。

勇敢的兔妈妈在水中挣扎了很久，好不容易才游到前面的芦苇丛中。没想到，前方又出现了一块巨大的浮雪，把它的路完全挡住了。狐狸没有捉到兔妈妈，在岸上怪叫着，呼呼的大风把这怪叫送到兔妈妈的耳中，兔妈妈的心里充满了恐惧。它使出全部的力气，甩开了浮雪块，但自己也已经被带着漂出了很远。

兔妈妈到达芦苇丛背面安全的岸边时，力气几乎消耗殆尽了。它累到极点了，连心脏的跳动也越来越微弱了。它摇摇晃晃地穿过芦苇丛，想去看看自己的孩子是否安全，可是，它的四肢不知怎么不听使唤了。它瘫软在地上，那双漂亮的棕褐色眼睛缓缓地合上了……

豁耳兔惊慌失措地跑出灌木丛后，发现狐狸没有来追自己。它知道那个可恶的家伙一定是盯上了年纪已大的妈妈，那妈妈可就危险了。于是，它赶快回来找妈妈，想带妈妈逃离这个鬼地方。找了很久，它也没有找到妈妈，却在池塘边发现正在寻找兔妈妈的狐狸。它灵机一动，脑子中突然有了一个好主意。

它有意在狐狸面前跑过，引得狐狸开始追赶自己，然后设计让狐狸重重地撞到了一处荆棘上。荆棘的尖刺深深地扎进狐狸的头部，痛得它大叫着逃走了。

赶走了狐狸，豁耳兔赶紧回到池塘边，寻找了很久。可是，连兔妈妈的一点儿踪迹也没有找到。它不知道妈妈去了什么地方。可能它永远也不会想到，那位疼它爱它的妈妈已经在风雪的怀抱中去了另一个世界。那里没有敌人，没有追杀，只有和平与快乐。

那年冬天，老奥利凡特也去世了。他的孩子们一个比一个懒，所谓的扩建计划也就无限期地搁置下去了。后来，沼泽地上长出了很多新的树木和荆棘，豁耳兔的领地变得比任何时候都广阔了。豁耳兔成了这片沼泽地的主人，它勇敢、强壮，没有任何动物能斗得过它。后来，它赢取了另一只棕色的雌兔子的芳心，娶了这位漂亮的太太。它们在这片沼泽地里繁衍出一个大家庭，过起了快乐的生活。

· 我的读后感 ·

读完这个故事，兔妈妈、豁耳兔、雄兔子、猎狗和狐狸等小动物的形象一个个活灵活现地出现在了我的眼前。它们一个个都被刻画得栩栩如生，文中描写兔子的神态、语言、动作，还有习性，都让人觉得真实自然。我想作者应该是非常喜欢动物的，他一定非常认真地去观察过它们。我也相信，只要我们认真地观察，也会把小动物们写得生动活泼的。

红脖子

第一章　狡猾的狐狸斗不过鹧鸪妈妈

多伦多北部的泰勒山，草木茂密，郁郁葱葱。山下有一条小溪，虽然很多人叫它烂泥溪，但是实际上溪水却清澈得很。溪水时而哗哗地奔流，一路唱着欢乐的歌儿，时而又变得安安静静，让人几乎感觉不到它在流动。在明媚阳光的映衬下，溪水像一块藏在山间的无瑕美玉，闪着晶莹的光亮，所以又有人叫它水晶溪。溪水是如此清澈，清得可以看见水底奇形怪状的鹅卵石和沉入水底的落叶。溪水是如此的可口，以至山上山下的小动物们都争相来这里喝水解渴。

山上的小鹧鸪们出生不到一天，还不太会走路呢，这天早上，鹧鸪妈妈就带着它们到山下的小溪这里来了，它要让孩子们早早品尝到溪水的甘甜。鹧鸪妈妈走得很慢，嘴里发出温柔的咕咕声，还不时地回头看看。小鹧鸪一共有十二只。它们迈着粉嫩嫩的小短腿，像一个个小毛绒球似的，跟在妈妈身后不停地“滚”来“滚”去。因为这是它

比喻：把小鹧鸪比做小毛绒球，把它走路时的样子说成是小毛绒球在地上“滚”来“滚”去，生动形象地写出了刚出生的小鹧鸪的可爱的样子。

们出生以来第一次远行，所以它们一个个瞪起黑黑的小眼睛，一路东张西望，东奔西走，看看这个觉得新鲜，看看那个也觉得有趣，甚至对着路边的小树枝也要啄几口呢！鹧鸪妈妈一边在前面引路，一边深情地看着自己的这些小宝贝儿，眼中充满爱意。

一只小鹧鸪有点儿调皮，突然从妈妈身边跑开，淘气地跳进了路边的草丛里。鹧鸪妈妈心里一紧，因为它很清楚，虽然眼前风平浪静，一片安宁，但对它们鹧鸪来说，危险随时都会降临。它马上低声喊道："宝贝儿，快回来！那边很危险！"草丛里确实没有路上舒服，因此小鹧鸪跳进草丛，马上陷入了举步维艰的境地。因为它体型还很小，高大的杂草几乎挡住了它的视线。听到妈妈的呼唤，小鹧鸪一边高声答应着："妈妈，我这就出来！"一边使出全身的力气，像一个毛茸茸的小球一样从草丛中挤了出来。

鹧鸪妈妈松了一口气，一扭头，不由得又倒吸了一口凉气：呀，大事不好！一只狐狸正向它们这里走来。

动作描写：通过一系列具体的动作描写，将鹧鸪妈妈看到孩子安全地出现在自己面前，以及马上又面临新的危险的心情精妙、准确地表达了出来。

要是孩子们被它发现，那可全都要遭殃了！怎么办呢？鹧鸪妈妈急坏了！突然，它脑中闪过一条妙计。

"孩子们，狐狸要来吃我们了，大家快躲起来！"鹧鸪妈妈压低声音喊道。小鹧鸪虽然不知道狐狸为什么要吃它们，但见妈妈一副严阵以待的样子，知道事情很严重。于是，就连刚才那只最调皮的小鹧鸪也听话地躲了起来。它们一只钻到厚厚的草团中，一只钻到一段倒下的枯树后，一只躲到两条巨大的树根中间，一只爬到脱落的大桦树皮里，还有一只刚好身边有一个地洞，它便毫不犹豫地钻了进去……除了一只小鹧鸪实在找不到躲藏之处，大家都藏好了。这只小鹧鸪伏在一片黄色的薄木片上，紧紧地闭上眼睛，一动也不敢动。小鹧鸪们安静下来了，狐狸也越来越近了，情况越来越紧急了。鹧鸪妈妈已经无暇多想，立即起身飞向那只可恶的狐狸。

可是，出人意料的事情发生了！在离狐狸几米远的地方，鹧鸪妈妈忽然一头栽倒在地上。它挣扎着站起来，嘴里发出痛苦的鸣叫声，拍着翅膀，努力往前飞去，可是扑棱扑棱地怎么也飞不起来。它的翅膀好像受伤了，腿也跛得厉害，一瘸一拐的，仿佛随时可能再次倒下似的。难道它无缘无故地受伤了？还是它想以此来换取一只又凶恶又残忍的狐狸大发慈悲呢？当然，这都不是！那么难道它想主动把自己送给狐狸当美餐吗？如果谁认为鹧鸪妈妈笨成这样，那可就大错特错了。

虽然大家都知道，狐狸的狡猾是出了名的，但是在聪明的鹧鸪面前，它也只能甘拜下风喽！不信？你就瞧着吧！

狐狸眼前突然多了一只又肥又大的母鹧鸪，而且似乎受了重伤，这就像从天上掉下了块大馅儿饼一样，让它欣喜若狂。它也不客气，恶狠狠地径直扑向母鹧鸪。可是，就在狐狸眼见要扑到母鹧鸪身上时，母鹧鸪踉跄着纵身跳了一下。不知是有意，还是赶巧，反正狐狸就差那么一点点没有捉到鹧鸪妈妈。狐狸轻蔑地喊道："哼，这次算你走运！看你一只瘸鸟怎么能逃出本大王的掌心！"嘴里喊着，腿下也没闲着，狐狸纵身一跳，跟着追了过去。可不巧的是，在它快要抓住母鹧鸪时，却被一棵小树挡了一下，母鹧鸪又躲开了。不过，它好像真的受伤了，费了很大劲儿才挪到一根大木头底下。狐狸马上追了过去。母鹧鸪着急了，笨拙地往前一跳，可一时站立不稳，竟然一头向山坡下跌去。

看到母鹧鸪的狼狈样儿，狐狸哈哈大笑起来。它紧跟在母鹧鸪身后追赶，好几次差点儿就抓住了呢。奇怪的是，狐狸抓捕的动作总是比母鹧鸪逃跑的动作稍慢那么一点点，可是就是这么一点点却使母鹧鸪每次都刚好逃过狐狸的魔爪。真不明白这是怎么回事！

身手敏捷的狐狸竟然抓不住一只受伤的鹧鸪，这太丢人啦！狐狸不由得大怒。可是愤怒是改变不了事实的，反而让狐狸丧失了理智，撞得头破血流。

狐狸不知追出了多远，反正已经累得筋疲力尽了。它趴在地上喘着粗气，眼巴巴地望着无数次要到手的食物，无可奈何。

这时，母鹧鸪却精神抖擞起来。它翅膀的"伤"仿佛一下子痊愈了，它的腿也一下子不瘸了，冲着狐狸拍拍翅膀，嘲讽似的叫了几声，然后呼一下飞走了。

场面描写：通过动作、语言、心理、神态等描写，传神地描绘出了母鹧鸪智斗恶狐狸的精彩场面。

原来，狡猾的狐狸没有斗过聪明的母鹧鸪，它中了母鹧鸪的调虎离山之计。

母鹧鸪拍着翅膀飞啊飞，兜了一个大圈子，又飞回到了小鹧鸪们藏身的地方。它凭着野鸟特有的记忆力，来到刚才踩过的那片草叶跟前，并在那儿站了一会儿。小鹧鸪们仍然安静地躲着，周围一点儿声息都没有，就连鹧鸪妈妈的脚步声，也没有使谁被惊动一下。伏在薄木片上的那只小家伙，虽然藏得不是很严实，但也没有动过一下，还把眼睛闭得紧紧的。直到鹧鸪妈妈喊："出来吧，孩子们，我们已经安全了！"小鹧鸪们才一只只从各自藏身的地方冒了出来。

伏在薄木片上的那只小家伙，实际上是小鹧鸪当中最大的。它这时睁着一对圆圆的小眼睛，跑到鹧鸪妈妈的宽尾巴底下躲了起来。小鹧鸪们都到齐了，围着妈妈喊喊喳喳地叫着，都为有这样一位厉害的妈妈而兴奋不已。

·写一写，练一练·

1）请写出下面词语的近义词。

轻蔑——（　　）　　敏捷——（　　）

2）给下列加点字注音。

纵身一跳（　　）　　遭殃（　　）

第二章　小鹧鸪的美好新生活

经过大半天的折腾，已近中午时分了，可是鹧鸪妈妈和它的孩子们离目的地——那条小溪还有一段距离。而这时，早上明媚的阳光已变得火辣辣的了。母鹧鸪为了不让刚出生的宝宝们晒伤，就让它们躲在自己的尾巴下面，用母亲伟大无私的爱挡住毒辣的光线。

形容词："火辣辣"形容天气酷热，这里准确地写出了阳光的强烈和毒辣。

鹧鸪一家走着走着，突然一个黑影从路边的灌木丛里蹿了出来，把鹧鸪妈妈和它的孩子们吓了一大跳。不过，有惊无险，跳出来的是一只棉尾兔。棉尾兔是鹧鸪的好朋友，所以它们一点儿危险也没有。

鹧鸪妈妈终于带着小鹧鸪们来到了水晶溪边，可是小鹧鸪们却不知道怎样去喝甘甜的溪水。鹧鸪妈妈耐心地不断地给孩子们做着示范。很快，有一只聪明的小鹧鸪学会了，接着又有一只学会了。然后，小鹧鸪们一只接一只纷纷学会了。它们挨着水边站成一排，二十四只红脚趾朝里弯的小腿上，顶着十二个金褐色的小圆球儿。十二个可爱的金黄色的小脑袋，郑重其事地低着头，一面喝水，一面叽叽地向它们的妈妈道谢。

喝过水以后，鹧鸪妈妈仍然把孩子们藏在自己的尾巴下面，继续往前走。光喝足了不行，还得吃好，这样孩子们才能健康茁壮地成长。鹧鸪妈妈以前曾到过前面的一片大草原，那里有很多蚂蚁窝。它知道，这个时候那里面一定藏着丰富的食物呢！

鹧鸪妈妈带着孩子们来到草原上的一个大圆土包顶上，朝四面望了望，然后开始用爪子使劲儿地扒土。不一会儿，一个蚂蚁窝就暴露了出来，里面满是又白又肥的蚂蚁蛋。蚂蚁们互相推搡着，争吵着，不知道发生了什么事，全跑了出来。有几只比较有头脑的，开始搬运那些又白又肥的蚂蚁蛋。鹧鸪妈妈在孩子们面前咯咯地叫了一会儿，然后啄起一只白润透亮的蚂蚁蛋，咯咯咯地叫几声，重重地丢在地上。接着再啄起，再丢下。重复了好多次以后，它才吃下了这只蛋。小鹧鸪们知道妈妈这是在教它们，于是纷纷开始模仿。二十分钟后，就连最小的鹧鸪也学会了吃东西。

小鹧鸪们兴高采烈地吃起了美味的蚂蚁蛋，鹧鸪妈妈则设法挖开了更多的蚂蚁窝，以便让孩子们吃到更多的食物。最后，小鹧鸪们撑得都有点儿走不动道了。

喝足了，吃饱了，鹧鸪妈妈带着孩子们来到小溪边，在一片隐蔽的沙滩上躺了一个下午。那些清凉的细沙，在它们热热乎乎的小脚丫中滑过去，那感觉可真是舒服啊！鹧鸪妈妈时而侧身躺着，时而用脚抓挠着细沙，时而又扑腾几下翅膀。喜欢模仿的小鹧鸪们纷纷学起妈妈的样子，侧卧着身子，用小腿爬爬，用翅膀拍拍。不过它们这会儿还没有什么翅膀可拍呢。它们的身体两边的茸毛当中，只长出一块小肉片，那就是它们将来要长出翅膀的地方。

> 排比："时而……时而……时而……"用这样一组词引导一段话，把鹧鸪妈妈在沙滩上休息时悠闲、惬意的样子生动地描绘了出来。

晚上到了，鹧鸪妈妈把孩子们带到了一片杂藤交错的野蔷薇下面，在这里，它们可以躲避所有的空中敌人。周围的地面上全是又干又脆的落叶，敌人是没有办法悄无声息地走过来的。鹧鸪妈妈保护着孩子们，让它们紧贴着自己温暖的身体，放心地安睡，心里满是母亲的骄傲和快乐。

·我的好词好句积累卡·

折腾　火辣辣　兴高采烈　悄无声息

十二个可爱的金黄色的小脑袋，郑重其事地低着头，一面喝水，一面叽叽地向它们的妈妈道谢。

鹧鸪妈妈保护着孩子们，让它们紧贴着自己温暖的身体，放心地安睡，心里满是母亲的骄傲和快乐。

第三章　快速成长的小鹧鸪

第二天，鹧鸪妈妈照样在早上带着孩子们去溪边喝水，然后去草原上吃蚂蚁蛋，再回到沙滩上休息、嬉戏，晚上仍然躲到蔷薇丛下面过夜，一家人平安快乐地度过了一天。

第三天，小鹧鸪们已经长得壮实多了，身体两侧还长出一排排蓝色的血翎，看来是小翅膀快要长出来了。遇到松果等小东西挡路的时候，它们不必再绕道儿兜过去，可以顺利地翻越过去了呢。

接下来的几天，小鹧鸪们的变化可真叫快啊！这一天，小家伙们身上的血翎很快地长出了羽毛尖儿，又过一天，细小的羽毛就长出来了。不到一个星期的工夫，它们的小翅膀已经变得硬朗起来，可以扑棱扑棱地学着飞行了。

拟声词：简洁的词语准确、生动地描写了小鹧鸪翅膀抖动的声音。

鹧鸪妈妈的这群孩子太多了，它有些照顾不过来。在小鹧鸪当中，有一只小家伙从出生那天起，就显得比其他小鹧鸪弱小。

它出生时，一直舍不得丢下住了那么久的蛋壳，在身上背了好几个钟头，还是鹧鸪妈妈把它从里面弄出来的呢。它就像一个不足月出生的孩子，身体弱，力气也比其他的小鹧鸪小得多。其他小鹧鸪出生后都生龙活虎的，只有它很少活动，所以一星期后，它已经明显比其他小鹧鸪弱小了。

动作描写："舍不得丢""背"等词语生动形象地描绘出这只小鹧鸪刚出生时的样子。

一天晚上，小鹧鸪们甜甜地进入了梦乡，鹧鸪妈妈也打起了瞌睡。突然，一阵松针被踩断的声音急促地响起。呀，不好！一只臭鼬来偷袭了。鹧鸪妈妈吓得一激灵，赶紧大喊："敌人来了！孩子们快飞起来！快飞起来！"小鹧鸪们从睡梦中惊醒，来不及细想，一个个急急忙忙地跟着妈妈向空中飞去。可是那只最弱小的小鹧鸪却掉队了，它没能飞起来。等鹧鸪妈妈带着小鹧鸪们逃到一个安全的地方后，它才发现那只小鹧鸪不见了。从那以后，它们谁也没有再见到过它。也许，它在那天晚上已经被可恶的臭鼬杀害了吧！

小鹧鸪们已经渐渐长大了。它们需要的不仅仅是妈妈的精心呵护，更重要的是学习在这个危险的山野中生存的本领。鹧鸪妈妈非常清楚这一点，它开始着手教孩子们本领了。

通过妈妈不厌其烦地教导，小鹧鸪们知道了在小溪旁的草丛里可以找到好

成语："不厌其烦"的意思是不嫌烦琐与麻烦。这里形容鹧鸪妈妈教育孩子非常有耐心，有爱心。

吃的蚱蜢；知道了从红醋栗树上掉下来的那一条条光溜溜的小虫儿，是非常肥美的食物；知道了草莓虽然不是真正的小虫儿，可是味道差不多和虫儿一样甜美；知道了大蝴蝶虽然不容易捉到，但却是一种安全的食物……它们还知道了灌木丛变得光秃秃的时候，就不用指望再抓到那些鲜美的绿蠕虫了；知道了一块从腐烂的树桩子上脱落下来的树皮里，没准能找到许多好东西吃。当然，它们也知道了对于那些穿黄甲的昆虫、带毒针的黄蜂、毛茸茸的虫子以及长着很多腿的蜈蚣，最好还是别去招惹它们。

·写一写，练一练·

1）请写出下面词语的反义词。

平安——（　　）　　弱小——（　　）

2）选词填空。

强硬　　　　硬朗

它们的小翅膀已经变得（　　）起来，可以扑棱扑棱地学着飞行了。

面对强大的敌人，采取（　　）的态度是不可取的，那样会引来杀身之祸。

第四章　洗沙浴带来的灾难

多伦多的七月，可以说是浆果月。此时，正是野草莓一类浆果成熟的季节。小鹧鸪有了充足的食物，几乎每天都在快速地成长着。现在，鹧鸪妈妈要想好好地保护它们，可得要花费很大的力气了。

小鹧鸪们每天都要用沙土洗澡，所以它们平时最喜欢玩耍的地方当然是沙地了。最近，小鹧鸪们在山上比较高的地方找到了一处沙地，沙土细细的、软软的，它们成天待在里面也待不够。不单单是它们，在泰勒山还有很多鸟喜欢来这里洗沙浴。刚开始，鹧鸪妈妈非常反对孩子们用这种其他鸟儿都来洗的沙土洗澡，觉得太不卫生。可是孩子们非常喜欢这里，总是玩得兴致勃勃的，叫都叫不走。时间一长，鹧鸪妈妈也只有抛开疑虑，让孩子们开开心心地在这里尽情玩耍了。

成语：“兴致勃勃”是指兴趣很旺盛的样子。这里形容小鹧鸪们很喜欢这里，玩耍的兴头很足。

任何的疏忽和放纵都会受到惩罚。这不，来到这片沙地还不过两个星期，便出事了。生龙活虎的小鹧鸪们突然萎靡不振了，鹧鸪妈妈也感觉很不舒服，甚至有点儿燥热难安。它们的食量猛增，可是不论吃多少东西，仍然会感到饥饿难忍。更奇怪的是吃得明明比以前多了很多，但一只只的却变得越来越虚弱了。

这到底是怎么回事了呢？小鹧鸪们不明白，鹧鸪妈妈也弄不明白。

只是，出于母亲的天性，鹧鸪妈妈迫切地想找到一种解救孩子们的办法。它满怀着一种热烈的希望，想寻求一种东西，究竟是什么，连它自己也不知道。只是在山林中生活了这么久，它执拗地认为，应该总有一种东西可以帮它解决这个难题。于是，它四处寻找阴凉的地方，吃任何一种看上去能吃的东西。

动作描写："毫不在意地飞走""想都没想伸嘴就啄"，两种截然相反的动作描写，把鹧鸪妈妈急于找到解救孩子的办法的急迫心情和深深的母爱刻画了出来。

这天，鹧鸪妈妈停落在一棵大树上，树上结满了难看的果子。要是在平常，它可能会毫不在意地飞走，可是那天，它想都没想伸嘴就啄了几口。

果肉一进肚，一股火辣辣的感觉立即传遍全身。呀，原来这是一种剧毒的野果！鹧鸪妈妈以为自己这下死定了。"还没有找到办法救孩子们呢！唉，我那可怜的孩子们啊！"鹧鸪妈妈心里不禁有些悲哀。可是，真的好奇怪啊，鹧鸪妈妈闭上眼睛等了一会儿，发现自己不但没有死，反而觉得舒服多了。它又啄了几口那果子，现在，它越发觉得好受了，于是又大口地吃了好几个果子。

一阵喜悦袭向鹧鸪妈妈的心头，它终于找到解救孩子们的办法了。一刻也不停留，鹧鸪妈妈赶紧叫来了所有的孩子。小鹧鸪们吃了野果，一个个都明显精神多了。

这是怎么回事呢？原来，在它们洗沙浴的那块沙地里布满了寄生虫，鹧鸪们成天在那里洗沙浴，都感染上了寄生虫病。而这种毒果其实是一种泻药，能帮助鹧鸪们把寄生虫赶出体外。

危险似乎已经过去了，小鹧鸪们和妈妈一起庆幸逃过了这一劫。可是，世事难料，很多事情并不是都那么完美。这不，四只最虚弱的小鹧鸪快要死了。原来，寄生虫已使它们身体变得非常虚弱，而这种毒果的药性对它们来说有些太过于猛烈了。

虽然鹧鸪妈妈让它们拼命地喝水，可这已经无济于事了。第二天早晨，大家伤心地发现，四只小鹧鸪一动不动地躺在那里，全身冰凉，已经死去了。

就是这几只小鹧鸪，却奇妙地为先前死去的同胞报了仇。原来，那只臭鼬发现了它们的尸体，狼吞虎咽地把它们全吃掉了。它以为这是一顿得来全不费工夫的美餐，却不料遭到了上天的惩罚，它被毒死了。

现在只剩下七只小鹧鸪了。身体虚弱的小家伙们都已经进了臭鼬的肚子，留下来的还有一只大傻瓜和一只小懒鬼。鹧鸪妈妈不得不对孩子们中的某几只特别照顾些。当然，这些孩子也不是都让它操心的。个头儿最大的那只，也就是曾在黄木片上藏身的那只，现在是所有小鹧鸪中最强壮、最漂亮、最听话的。对鹧鸪妈妈的警告信号“呃尔尔尔尔”（危险），其他小鹧鸪都有充耳不闻，可是对它来说，听从妈妈的指挥，好像是件自然不过的事。只要妈妈轻轻地喊一声“喀……利特”（来），它就会毫不犹豫地跑到妈妈身边。这种顺从的性格为它带来丰厚的回报：在这片山野中，它成了活得时间最长的鹧鸪。

·我的读后感·

鹧鸪妈妈可真伟大呀！为了救孩子，它四处奔波不停地找救治的方法。就是在要被毒死的时候，心里想的还是它的孩子，让人读了真感动啊！我们的爸爸妈妈也是这样的，他们为了我们能生活得更好，每天都在辛苦付出。我们要学会感恩，学会爱自己的爸爸妈妈。

第五章　每个月都有不同的食物和敌人

八月是小鹧鸪们的换毛月。换过毛后，小鹧鸪们长得差不多接近成年鹧鸪大小的四分之三了。它们基本上学会了成年鹧鸪的生活方式，也都有了自己的个性，有的甚至开始自以为是了。小时候，小鹧鸪们必须在地面上睡觉，这样妈妈才可以用身体保护它们。现在它们长大了，没有这种需要了，已经应该像成年鹧鸪一样改在树上睡觉了。因为小鼬鼠、小狐狸和小貂等天敌，都开始会跑了。地面上的危险日渐多起来，所以太阳一落山，鹧鸪妈妈就会喊："喀……利特！"召唤小鹧鸪们飞到一棵枝叶茂密的矮树上去。

可是，那只懒懒的小鹧鸪却不肯到树上去，它认为没有到树上去睡觉的必要。第一天晚上没出什么事，第二天晚上也没出什么事。可是，生活向来都不是靠侥幸的。毫无道理的固执向来是不会有好果子吃的。一天晚上，树上的小鹧鸪们正在熟睡，地面上突然传来一声凄惨的尖叫，然后是片刻死一般的寂静，继而响起一阵可怕的“嘎喳嘎喳”的咬骨头的声音和“吧嗒吧嗒”的咂吧嘴唇的声音！

拟声词：连续运用两组拟声词“嘎喳嘎喳”“吧嗒吧嗒”，有效地营造出了一种恐怖的氛围。

树上的小鹧鸪们都吓坏了！鹧鸪妈妈偷偷地探出头，向下望了望。天哪，是一只貂，它吃掉了自己的孩子！鹧鸪妈妈在树上晃了几晃才站稳，差点儿晕过去。

动作描写：“晃了几晃才站稳”“差点儿晕过去”将鹧鸪妈妈看到自己的孩子被杀害时的悲痛的心情生动形象地描绘了出来。

貂吃完了小鹧鸪，炫耀似的低叫了几声，消失在夜色之中了。六只小鹧鸪在树上坐成一排，把鹧鸪妈妈围在中间，一圈小爪子靠在妈妈背上。它们沉浸在失去亲人的巨大悲痛中。

鹧鸪的世界里有这样一条格言：“每个月有每个月的食物，每个月有每个月的敌人。”到了九月，鹧鸪的食谱中已经没有了浆果和蚂蚁蛋，取而代之的是种子和谷粒。而主要的敌人也由貂和臭鼬变成了带枪的猎人和他的猎狗了。

九月是猎人月。金秋时节，山野中的动物又肥又大，猎人可不会放过这个狩猎的好机会。为了逃避猎人的射杀，鹧鸪妈妈不得不教给孩子们新的本领。虽然只要需要，鹧鸪是可以悄无声息地起飞的。但是有时候“响翅起飞”也非常重要。“响翅起飞”有很多用处。当危险来临的时候，可以用来吓唬那些猎人，可以向附近其他的同伴发出警告，可以吸引或分散敌人的注意力，还可以给自己或同伴制造更多逃跑的机会。当然，这种方法要在恰当的时机和恰当的地点使用才行，不然会送命的。鹧鸪妈妈要教会所有的小家伙，知道怎样和应该在什么时候，把翅膀拍得噼噼啪啪地响着飞起来。

对于狐狸，小鹧鸪们已经非常了解，也知道怎么对付它。它们只要往树上一飞，狐狸就毫无办法了。但小鹧鸪们从来没有见过猎人和猎狗，还不能完全认识到来自它们的危险其实比狐狸要大得多。

猎人卡迪带着它的猎狗神出鬼没地来了。鹧鸪妈妈一见，赶紧大声喊道："呃尔尔尔尔！"有两只小鹧鸪看到了猎狗还以为和狐狸一样好对付呢。它们见妈妈竟然就被一只"狐狸"搞得惊慌失措，觉得妈妈太小题大做了。它们跳到另一棵树上，对妈妈的警报置若罔闻，对妈妈的示范性逃跑视而不见，得意扬扬地炫耀着它们的英勇气概。

动作描写：通过对两只小鹧鸪的举动的描写，刻画出了它们自以为是、不知天高地厚的样子。

这时，树下的一只狐狸冲着这两只小鹧鸪低声叫了起来，它似乎也不忍心让它们丧生在猎人的枪下。两只小鹧鸪不禁大笑起来。它们觉得狐狸、妈妈还有其他兄弟姐妹们都太好笑了，因为灌木丛里根本没有任何动静，哪会有什么危险的事发生呢？然而，等它们明白过来时，一切都已经晚了。随着砰砰两声枪响，它们血淋淋地扇着翅膀从树上栽了下去，接着被猎狗叼走了。

·写一写，练一练·

1）给下列加点字注音。

吓唬（　　）　　　　置若罔闻（　　）

2）用下列词语造句。

侥幸——

炫耀——

第六章　听话才能活得更长久

猎人卡迪住在多伦多北部的一所小木屋里，他喜欢打猎，尤其喜欢捉鹧鸪。他几乎没有什么财产，一生中绝大部分时间，都是在随心所欲的户外狩猎中度过的。他自以为是个真正的打猎家，理由是因为他“热爱打猎”“一看到猎物被他打落在地上，心里就觉得高兴”。邻居们都管他叫“侵占公物的人”。他一年到头都在用捕猎器和猎枪捕杀动物。有人说，他能从鹧鸪身上，说出当时是哪个月份来。毫无疑问，这说明他对鹧鸪了如指掌。

当地政府规定，捕猎鹧鸪的合法季节从每年的9月15日开始。可是，卡迪总是提前两个星期就出来打猎了，而且每年他都能狡猾地逃过法律的制裁。

卡迪是个捕猎的好手，他对鹧鸪也有足够的了解。不过，要想每次都能捕捉到躲在大树上的鹧鸪，却也不是件容易的事。

鹧鸪飞行的时候，他不能开枪射击。因为这样不但打中的机会非常低，还可能把周围其他的鹧鸪都吓跑，他也就再也难以接近它们了。只有在距离很近、自己有充分把握的时候，他才会毫不客气地举枪射击。可是在这草木茂密的树林中行进、寻找鹧鸪同样是件困难的事。正因为这样，泰勒山的这窝鹧鸪，才安全地生活了这么久。可是这会儿，枪声一响，鹧鸪妈妈带着四只没被打死的小家伙拼命地逃走了。因为受到了惊吓，它们不一定飞到多么遥远的地方去了呢。他非常清楚，今天是不能再找到它们了。于是，他把打死的两只不知天高地厚的小鹧鸪丢进口袋里，回他的小木屋里去了。

其余几只小鹧鸪从这件事中得到了惨痛的教训。它们知道了狐狸与猎狗的区别，也懂得了“听话才能生存”的道理。在九月剩下的时间里，小鹧鸪们一直都是在躲避猎人和其他敌人中度过的。它们选择在高高的大树顶端栖歇，在最茂密的树叶当中聚集。这样，它们可以尽可能地避免空中敌人的袭击，也可以躲过大部分来自地面敌人的威胁。只是，对于林中的树狸，它们必须格外小心。这些家伙可以轻松地爬到它们藏身的地方发动袭击。可是对树狸，它们也不必太过担忧。因为它在软软的树枝上，爬起来步子又慢又重。所以它要是来侵袭的时候，通常都能及时地被发现。

秋天是干果丰收的季节，也是落叶的季节，同时还是猫头鹰活动频繁的季节。很多猫头鹰从北方飞来了，林子里猫头鹰的数量比从前多了两三倍。高大的树木多是一些落叶树种，而且这对于逃避日益增多的猫头鹰来说，也不是什么好地方。气候在一天天转冷，树狸的危险减少了。于是一天夜里，鹧鸪妈妈决定带着孩子们搬家，栖歇到一棵最茂密的铁杉树上去。有一只小鹧鸪不愿动弹，赖在那根摇来摆去的光秃秃的榆树枝上呼呼大睡。结果天还没亮，它就被一只黄眼珠的猫头鹰捉走了。

现在，小鹧鸪们已经跟妈妈一样大了。它们的颈部长出了环颈毛，为此，它们感到非常骄傲。环颈毛是鹧鸪的标志，就相当于孔雀的尾巴——这是它们最值得骄傲和最美丽的部分。母鹧鸪的环颈毛是黑色的，泛着一层淡绿色的光彩。公鹧鸪的环颈毛更密、更黑，而且由于一种特殊的强化作用，会显出一种深红的铜色，上面还辉映着紫色、绿色和金黄色的虹晕。有的鹧鸪与众不同，环颈毛特别长，而且还是深铜红色的，并泛着紫色、绿色和金色的光芒，就像一道绚丽的彩虹，谁见了都会不由自主地惊叹。而那只曾躺在木片上、个头儿最大、最听话的小鹧鸪，现在就长出了鲜艳夺目的颈毛。它就是赫赫有名的顿河谷鹧鸪——“红脖子”。

比喻：将鹧鸪环颈毛泛出的光芒比做“一道绚丽的彩虹”，生动形象地写出了鹧鸪与众不同的美丽。

·写一写，练一练·

1）请写出下面词语的近义词。

频繁——（　　）　茂密——（　　）

2）用下列词语造句。

骄傲——

鲜艳夺目——

第七章　鹧鸪的疯狂月

十月中旬，已经快到橡子月的末尾了。这天，鹧鸪妈妈带着仅剩的三个孩子来到草原上的一棵大树桩前，在朝阳的地方晒着太阳，吃着地上的美味果子。突然，砰的一声，远处响起了清脆的枪声。也许是真的长大了，枪声不但没有吓住红脖子，反而让它内心深处突然有了一种莫名的冲动。这驱使它勇敢地跳到附近的大树上，高高地竖起尾巴，啪啪地扇着翅膀，咕咕地叫喊着，然后一次又一次地飞到空中，像是在向枪声示威，向整个森林宣战。后来，它不知为何咚咚地啄击起树木来，而且越啄越有力，越啄越响亮。直到后来，附近的树林里，到处都听得见这只大雄鹧鸪的啄击声了。它的兄弟姐妹们觉得它突然变成了勇士，眼神里充满了羡慕。它的妈妈又喜又忧。喜的是自己的孩子终于长大了，从此有了保护自己的力量。不过，红脖子这样疯狂，预示着灾难可能就要降临了。

动作描写："跳""竖""扇""叫""飞"，这一连串的动作生动地写出了红脖子异常的行为变化，暗示了它行动的疯狂。

十一月是个疯狂月，也是个灾难月。对于小鹧鸪来说，这个月的“敌人”最厉害，它会让所有的小鹧鸪都变得疯狂起来。它们疯狂地想到外面去，去哪里并不重要，重要的是出去。从平时最聪明、最理智的那一只，到它们当中最弱小的那一只也会做出令人惊讶的傻事来。它们的家庭会彻底分散。它们在夜里快速地到处乱飞，要么被电线割成两半，要么闯进灯塔里或撞在火车头的前灯上，自取灭亡。白天，它们会出现在以前绝对不敢去的地方，比如城市里的大楼上、电话线上，甚至飞落在轮船的甲板上。这种疯狂的毛病，似乎是祖先遗留下来的和不可更改的。当然，这种疯狂也并不是一无是处，它有一个好处，那就是它把一个个鹧鸪的家庭给拆散后，使它们避免了“近亲结婚”。对于鹧鸪家族来说，“近亲结婚”是一种毁灭性的灾难。小鹧鸪们在第一年的秋天会非常疯狂，第二年秋天也有可能还会发狂，可是到了第三年秋天，通常它们绝不会再做出疯狂的事来了。

漫山的枫叶渐渐开始飘落，山崖上的野葡萄渐渐紫得发黑了，鹧鸪疯狂的时节就快要到了。对此，就连聪明的鹧鸪妈妈也束手无策。它只能尽力照顾好孩子们的身体，并把它们引到森林中最偏僻、最安静的地方。

成语：简洁的成语“束手无策”生动表现了鹧鸪妈妈无法阻挡小鹧鸪时那种无可奈何的样子。

空中有一群大雁排着整齐的队形呀呀呀地叫着向南飞去，这是疯狂月来临的第一个征兆。一群野鹅嘎嘎嘎地叫着从小鹧鸪们的头顶飞过，它们要到南方去了。看到这些长得像长脖子鹰的野鹅，小鹧鸪们开始的时候非常害怕，但见到妈妈一副若无其事的样子，它们也就平静下来，并渐渐鼓起勇气，开始兴致勃勃地观察起来。不知道是野鹅那富有野性的、响亮的鸣叫感染了它们，还是深藏于它们内心的疯狂突然迸发出来，总之，它们都产生了一种想跟随雁群远走高飞的热望。眼看着那些飞行的雁群、鹅群要在南方的天空消失了，它们就飞到更高的树枝上去，向更远的地方眺望。同时，从这时候起，事情也起了新的变化。

十一月的月亮一天天越来越圆了，等到满月的时候，季节性的疯狂毛病也跟着来到了。身体最差的那只鹧鸪，疯狂病发得最厉害。鹧鸪的家庭东分西散了，红脖子也做了好几次反复无常的长途飞行。它情不自禁地向南方飞去，可是飞到无边无际的安大略湖时，它迷了路，于是又飞了回来。到疯狂月的月亮变成月牙儿的时候，它又回到了烂泥涧的溪谷里。不过，这一回只有它孤零零的一只了。

·我的好词好句积累卡·

清脆　孤零零　若无其事　情不自禁

它勇敢地跳到附近的大树上，高高地竖起尾巴，啪啪地扇着翅膀，咕咕地叫喊着，然后一次又一次地飞到空中。

它不知为何咚咚地啄击起树木来，而且越啄越有力，越啄越响亮。

第八章　红脖子的新家庭

寒冬腊月，是一段食物匮乏的艰难岁月。在凛冽的寒风中，整个山谷都被冰雪覆盖了，动物们很难找到自己喜欢的食物。红脖子每天都在艰难地寻找着，可是食物真难找啊，它一连几天都没有吃到东西了！现在，闭上嘴时，它的嘴钩后面竟然有条裂缝，这可是饥饿过度的预示啊。九月份的时候，它的爪子是那样的细长、健壮。可现在，它的爪子上已经长出了很多糙糙的斑点了。而且，随着天气一天天变冷，这些斑点也越长越大了。

对比：用九月份爪子的样子和现在相比，突出表现了食物匮乏给红脖子带来的身体变化。

不过，虽然寒冷的冰雪盖住了食物，也把鹧鸪的许多天敌赶走了。现在虽然每天为寻找食物而大伤脑筋，但却不必为提防地上的敌人的攻击而成天东躲西藏、提心吊胆了。从这一点上来讲，冬天对它还是有些好处的。

溪边有银色的白桦叶，法兰克城堡里有美味的葡萄和浆果，森林里有成串儿的果实，白雪中也有诱人的白珠果。只要用心寻排比：这句话用了“……有……有……有……也有……”的句式，一口气写出了很多种食物，表明冬天虽然食物匮乏，但还是有很多地方能找到好吃的食物的。

找，还是能找到一些好吃的食物的。不过，红脖子知道，有些食物虽然美味，但要吃到，却随时有送命的危险。有一次它就曾知道，那个法兰克城堡里有一些拿枪的人暗中跟踪过它。这地方再也不能去了，它只好不断地去探索新的地方，寻觅新的食物。

经历的事情越来越多，红脖子的经验也就变得越来越多，它也就变得越来越聪明，显得越来越漂亮了。

虽然红脖子找不到妈妈，也没有一个亲人了，但它并没有觉得有多孤独。在山谷中，有许多小巧的山雀和它做伴。每当看到山雀们唧唧喳喳地跳来跳去地争抢食物时，它就会想起自己小时候的生活。

山雀是一种快乐的小鸟。秋天还没有过去呢，它们就开始不停地唱：“春天快来吧！春天快来吧！”即使到了白雪皑皑的冬天，它们也仍保持着一颗火热的心。甚至到了食物匮乏的二月，它们依然保持愉悦，山谷中随处都可以听到它们快乐的歌声。

天气渐渐转暖，法兰克城堡南坡的冰雪开始融化了。啃冰尝雪的冬天终于结束了，到处都可以闻到冬草的清香和浆果的美味，红脖子禁不住欣喜地跳来跳去。它很喜欢吃那些浆果，有了这些丰盛的美食，它又可以大饱口福啦！

这天，远处的天空中传来一阵响亮的鸣叫，原来是野鹅的队伍从南方飞回来了。它们用特有的叫声大声地宣告着春天的到来。

新的一年开始了，各种各样的鸟儿都精神焕发起来。快乐的山雀还是那样整天兴高采烈地唱着歌儿，不过这时唱的是：“春天在哪里呀？春天在哪里？春天在这里呀，春天在这里！”听着山雀的歌声，红脖子也振奋起来。它时而在山谷中上下翻飞，发出高亢的鸣叫，时而落在树桩子上兴奋地蹦来蹦去，啄出“咚、咚、咚、咚咚咚……”的声音。

成语：“兴高采烈”是“心情很愉快，兴致很高”的意思，这里形容春天到来，山雀每天都非常快乐的样子。

山谷外面有一座小木屋，那就是猎人卡迪的住所。一天清晨，一阵击鼓般的声音打破了山谷的寂静。卡迪知道，这是雄鹧鸪红脖子啄木头的声音。他心想：应该又有机会可以逮住这只雄鹧鸪了。于是，他拿着枪悄悄地进了山谷，想抓住这只传说中的美丽的顿河谷鹧鸪。可是等卡迪到山上的时候，红脖子早已无声无息地飞回烂泥涧去了。到了那儿，它跳到先前啄过的那根木桩上，啄了又啄，一次次地发出响亮的、擂鼓似的咚咚声。直到后来，有个穿过树林抄近路到磨坊去的小男孩儿，吓得跑回家去，告诉他母亲说，那些印第安人真的要打仗了。因为他在山谷里听见了他们擂战鼓的声音。

为什么红脖子每天都要跳到一根枯木桩上，咚咚地在树林里大擂一阵鼓，然后又竖起尾巴走来走去，欣赏自己漂亮灿烂的颈毛，接着再继续啄击木桩？为什么总希望别的鸟儿注意到自己，希望别的鸟儿来欣赏自己的羽毛？这种奇怪的念头是打哪儿来的？红脖子自己也不弄不明白。它只是一遍又一遍地这样啄击着：

“咚、咚、咚咚咚……”

“咚、咚、咚咚咚……”

外貌描写：通过对红脖子的冠羽、眼睛、脚部的描写，刻画出了一个意气风发的成年雄鹧鸪形象。

进入四月，天气越发暖和了。红脖子的头上长出了玫瑰一般鲜红的冠羽，眼睛变得明亮而敏锐，脚上那双笨重的雪靴，现在已经完全脱落了。当它竖起尾巴，走在阳光下的时候，浑身金光闪闪的，就像一位衣着华丽的王子。然而，它却如此寂寞。除了每日“击鼓”之外，它又能做什么呢？

后来，有一天，在这最可爱的五月初，也就是延龄草的杆子上点缀着银星的时候，新的希望出现了。这天，红脖子正怀着满腔的热忱，咚咚咚地啄着木头。突然，它那敏锐的耳朵里传来一阵轻微的脚步声。它转过身去，回头张望。啊，身后来了一只漂亮的雌鹧鸪，那是一位害羞的女士！它伫立在那儿一动不动。红脖子马上跑到它身边。一种新的感情淹没了它的整个身心——好像在渴得舌焦唇干时，望见了一股凉爽的清泉。它急切地想展示自己的帅气，以赢得女士的芳心。它起劲儿地抖动着自己那美丽的羽毛，竖起尾巴走来走去，发出一声轻柔的咯咯声。这一定和人类的“甜蜜的求爱”同样美好，因为，它显然已经赢得了那只雌鹧鸪的欢心。其实，雌鹧鸪的心早在三天前就被它征服了，可是它自己还不知道呢。现在雌鹧鸪接收了红脖子的追求。红脖子高兴极了，它终于不再是孤身一人了！

于是，在这个山谷里，便多了一对鹧鸪夫妻。红脖子有了妻子后，再也不感到孤独了。它和妻子过起了快乐的生活。阳光从来没有像现在这样灿烂过，松林里的空气比梦境还要芳香。红脖子感觉从来没有这么幸福过。它有时候由妻子陪伴着，有时候独自到树桩上去为它们欢乐的生活擂鼓高歌。可是，为什么有时候它要独自去呢？为什么它的新娘不一直陪着它呢？这红脖子也弄不明白。妻子跟它在一起的时间，为什么一天天在减少，以至后来每天只有几分钟了呢？有一天，妻子外出竟然没有回来。第二天，第三天，它也没有回来。妻子突然失踪了，这让红脖子心慌意乱。它一阵风似的飞了出去，在那根老树桩上咚咚咚地一顿猛啄。接着又飞到小溪上游，在另一根树桩子啄了啄，然后又飞过小山，在另一条峡谷里啄个不停。可是到第四天，当它大声呼喊着飞回家的时候。它失踪了的妻子竟然出现了，身后还跟着十只唧唧叫唤的小鹧鸪。

环境描写："阳光""空气"这些自然现象在这里都像懂事似的，给人美好的感受，环境描写很好地烘托了红脖子的好心情。

动作描写：红脖子的一系列动作，充分展现了它对妻子不辞而别后的惊慌失措、无所适从的心理状态。

红脖子又见到了妻子，真是喜出望外。可是当见到它身后的十只小鹧鸪时，又觉得非常惊讶。原来，这都是它自己的孩子呀！它愣了一会儿，很快就接受了这一事实，与妻子一道担负起照顾孩子的责任，尽管红脖子的爸爸从来没有照顾过它。

·我的读后感·

原来鹧鸪妈妈在生育小鹧鸪的时候，是不让爸爸参与的。鹧鸪的这种习性真是好奇怪、好有趣啊！自然界中有很多奇妙的现象等待着我们去发现，只要我们做个有心人，就会有所发现的。

第九章　做个称职的好父亲

在鹧鸪的世界里，尽职的父亲很少。雌鹧鸪总是自己造窝孵小鹧鸪，一点儿也不要雄鹧鸪的帮助。它甚至对做父亲的隐瞒做窝的地方，只在当作鼓啄击的木桩那儿和吃东西的地方跟它碰碰头，不然就在鹧鸪俱乐部——它们用沙土洗澡的地方，和它见面。

红脖子的妻子叫布罗妮。孩子出生之后，它就全心全意地照顾它们，甚至把它们出色的父亲也忘得一干二净了。到了第三天，小鹧鸪们长得足够强壮的时候，它才应从了红脖子的呼唤，把小家伙们带到了它们父亲的身边。

可能有的鹧鸪爸爸对自己的孩子一点儿兴趣都没有，但红脖子却不同。它很快就和妻子担负起抚养小鹧鸪的任务。当小鹧鸪们跟着妈妈蹒跚学步时，红脖子就在附近守着，或远远地跟在后面保护它们。

有一天，小鹧鸪们排着队从山坡上走下来，到小溪边去喝水。这队伍长长的，像一串儿珠子。爸爸和妈妈分别走在队伍的两端，小家伙们夹在中间。一只红毛松鼠站在松树上，目光中满是贪婪和凶残，它真想喝鹧鸪的血来解解渴。红脖子看孩子们走得很慢，便飞在队伍后面几米远的一根木头上，想整理一下自己的羽毛。红毛松鼠见机会难得，飞快地从树上跳了下来，扑向队伍最后面的那只小家伙。现在即使布罗妮发现了，要想救自己的孩子那也已经太晚啦！可是红脖子却毫不含糊，它及时发觉了红毛松鼠的企图，立即飞向可恶的敌人。它用有力的爪子和翅膀狠狠地攻向红毛松鼠，没几下就把它打得头破血流了。红毛松鼠头昏眼花，跌跌撞撞、连滚带爬地逃到了一堆矮树丛里。这里正是它刚才想把小鹧鸪拖过去吃掉的地方。现在它躺在这儿，呼哧呼哧地喘着粗气，鲜血一滴滴地顺着它丑恶的鼻子流了下来。

动作描写："跌跌撞撞""连滚带爬"等词语将红毛松鼠当时的狼狈样生动、形象、准确地描写了出来。

红脖子并没有再来追赶红毛松鼠，和妻子带着孩子们径自走开了。以后红毛松鼠怎么样，它们根本不知道。不过从此以后，红毛松鼠再也没有来找过它们的麻烦。

鹧鸪一家继续向小溪走去。经过沙地时，它们看到了一头牛留下的脚印。有只小家伙不小心跌到一个脚印坑里，发现没法爬出来，只好可怜巴巴地叫唤起来。这个脚印并不算很深，可对于小鹧鸪们来说，那就是一个深坑了。怎么才能把孩子救上来的呢？这可难住了两只大鹧鸪。它们围在坑边，无助地看着那只可怜的小倒霉鬼，焦急地走来走去。奇迹出现了，松软的沙子在它们不断地走动中开始从坑的周围陷落、下滑，逐渐在坑中形成了一个长长的斜坡。于是，那只小鹧鸪顺着斜坡爬了上来，和它的家人重新团聚了。

·写一写，练一练·

1）请写出下面词语的近义词。

一干二净——（　　）　　　强壮——（　　）

2）选词填空。

丑恶　　罪恶

残杀可爱的小动物，是一种（　　）的行为。

阴谋得逞后，它终于露出了（　　）的嘴脸。

第十章　残酷的打击

布罗妮虽然身材娇小，但却是一个聪明的妈妈。它日夜悉心照顾着自己的孩子。走在野外时，它总是把尾巴张得大大的，形成一个半圆形，让孩子们躲在后面，这样，孩子们就不会被毒辣辣的太阳晒到了；穿过森林时，它总是骄傲地走在前面，咯咯地叫着，把孩子们护在身后；遇见敌人时，它也从不退缩，随时准备与敌人决一死战，保护孩子们不受伤害。

排比：生动描绘了布罗妮日夜悉心照顾自己孩子的样子，写出了它深深的母爱。

小鹧鸪们还不会飞时，鹧鸪一家就与卡迪打过一次交道。那是在六月的时候，卡迪带着枪走进了山谷，他的猎狗在前面探路。他们离布罗妮一家越来越近，危险正一步一步向它们迈进。红脖子毫不迟疑，立即飞了出去，用它那条百试百灵的老计策，飞上前去迎住猎狗。猎狗果然上当了，顺着山谷傻头傻脑地追赶红脖子，一直追到了唐河河谷。

猎狗虽然被引开了，可是最难对付的狡猾而狠毒的猎人却并没有上当。卡迪端着枪一直朝那窝小鹧鸪走了过去。布罗妮一面不慌不忙地掩护着孩子们躲起来，一面像它丈夫红脖子捉弄猎狗那样，跑上去想把卡迪引开。它悄悄地飞近卡迪，猛地一个俯冲，翅膀正好打到卡迪脸上，接着它重重地倒在地上，看起来好像受了重伤。这把卡迪蒙住了好一会儿。可是当它拖着一只翅膀，在卡迪脚边哼吱哼吱地爬开去的时候，经验老到的卡迪一下明白是怎么回事了——这是它为了把他从小鹧鸪那儿引开而对他耍的诡计。居然用这样简单的伎俩来对付我？卡迪很生气，用棍子重重地向布罗妮打去。布罗妮敏捷地闪开了，然后又跌跌撞撞地跳到一棵小树旁，倒在地上，似乎真的受伤了。卡迪见了，对着它又是一棍子。可是它又及时躲开了，并且继续设法使卡迪离开那些不能自卫的小家伙。布罗妮勇敢地跟卡迪周旋着，在卡迪的脚下扑腾着翅膀，低声呻吟着，希望能得到他的怜悯。但卡迪可不是什么心慈手软的人，他举起枪，向着柔弱的布罗妮扣动了扳机。布罗妮中枪了！可怜、勇敢、怀着深深母爱的布朗妮，被打得血肉模糊，再也动弹不得了。这一枪的火力，是足足可以打死一只大狗熊的。

这个残忍的凶手知道小鹧鸪一定藏在附近，就四处寻找它们。可是小家伙们明白发生了什么事，一个也不动，一个也不叫，所以他一只也没找到。但是，在他胡乱、凶狠地踩来踩去，一次又一次地走过小鹧鸪躲藏的地方时，他不知不觉、毫不在意地把几只安静躲藏的小鹧鸪踩死了。

红脖子把那只黄狗引到小溪下游后，赶快飞回了家。这时凶手已经走了，布罗妮的尸首也被他带回去喂狗了。红脖子到处寻找，只发现一滩血迹和几根带血的羽毛。它知道，是那可恶的一枪夺走了妻子的生命。

谁能理解红脖子的哀恸？谁又能描写得出它那恐怖而又悲哀的心情呢？它用萎靡迟钝的眼光，呆呆地朝那块地方瞅了好久，极度悲伤，就像傻了似的。后来，它想到了几个可怜的孩子，连忙回到它们藏身的地方，低声地呼唤着。父亲的呼唤能喊出所有的孩子吗？当然不能。它唤出来的不过是大半数。有六只小绒球儿，睁开它们亮晶晶的眼睛，站了起来，跑到它身边。另外四只小鹧鸪，已经被踩死了。红脖子一遍又一遍地呼唤着没有返回身边的孩子，直到不得不无望地承认，自己已经失去了四个孩子。它悲痛欲绝地带着幸存的小鹧鸪，离开了这个伤心的地方，飞到了远远的小溪的上游。那儿有长满尖刺的篱笆和浓密的荆棘丛。在那儿安家，虽然条件艰苦了点儿，但是安全得多。

> 成语："悲痛欲绝"的意思是"伤心得要死"，这里形容"红脖子"极度悲哀、万分伤心的样子。

·写一写，练一练·

1）请写出下面词语的反义词。

悲痛欲绝——（　　）　　勇敢——（　　）

2）给下列加点字注音。

怜悯（　　）　　周旋（　　）

第十一章　雪壳下的痛苦挣扎

在新的安居地，红脖子开始了对小鹧鸪们的训练，就像当年妈妈训练自己一样。红脖子熟悉周边的环境，知道哪里可以找到食物，知道如何对付危及鹧鸪生命的疾病。它比自己的妈妈知识更渊博，经验更丰富，更知道怎样教小鹧鸪们生存。所以整整一夏天，连一只小鹧鸪也没有再减少。

小鹧鸪们身体一天天壮实起来，精力也越来越旺盛，都变成了大鹧鸪。但这时又到了可怕的捕猎季节。在布罗妮遇难后的这个夏季里，红脖子再也不打算咚咚地啄击了。可是，啄击对鹧鸪来说，就跟唱歌对百灵鸟一样。啄击不仅是代表它的情歌，同时也是身强力壮的一种表现。所以等换毛季节一过，九月的食物和天气使它美丽的羽毛焕然一新、精神也重新振作起来的时候，它又充满了活力。有一天，它走近那根老树桩子，就不由自主地跳了上去，咚咚咚地啄起来。孩子们围成一圈儿，崇拜地看着爸爸。偶尔还有一两只小鹧鸪学

场面描写：个体的描写与群体的描写相结合，把小鹧鸪学啄木头的场面生动地描绘了出来。

着它的样子，使劲啄着附近的木头，发出击鼓般的声音。

山葡萄又变黑了，鹧鸪发疯的季节再次到来了。红脖子的孩子们是一群精力充沛的鹧鸪，它们有强壮的体格，也有不凡的智慧。虽然它们在疯狂月里都变得疯疯癫癫的，可是不到一个星期就好了。不过有三只飞出去后，再也没有回到爸爸身边来。

下雪的时候，红脖子和它剩下的三个孩子住在峡谷里。雪下得很小，天气也不大冷，它们一家子蹲在一棵枝叶低矮的衫树下面过夜。可是第二天来了暴风雪，天气转冷了，雪堆越积越高。到了晚上，雪停了，但冰还是越结越硬，于是红脖子就带着它的孩子们，躲到一棵桦树底下积着厚雪的树叶下面，一个个钻进了雪堆里。接着，风把稀稀落落的雪花吹进洞来，给它们盖上了雪白的被褥。就这样它们躲在里头，舒舒服服地睡了。雪是一条暖和的被子，把它们盖得严严实实的，寒风一点儿也吹不进来。

第二天早晨，每只鹧鸪都在自己面前发现了一道冰墙，这是它们呼出来的水汽凝结成的。聪明的小鹧鸪们从另一边爬了出来，在爸爸的召唤中，迎来了崭新的一天。

在雪堆里度过了第一个晚上之后，小家伙们就喜欢上了这种生活。第二天晚上，它们又快活地钻进了雪堆。北风又像前一天晚上那样，用雪花把它们裹了起来。可是这次，天气却发生了变化。夜里风向突变。一阵大雪以后，又下了一阵雪珠，接着又是雨夹雪。第二天早上，当鹧鸪们起床的时候，却发现自己被封在一层厚得可怕的大雪壳下面了。

雪壳下面的雪还是相当松软，红脖子毫不费力地就扒开了。可是在碰到一层结实的白色冰块后，就再也扒不动了。它拼命地撞击、挣扎，可是除了碰伤自己的翅膀和脑袋以外，一点儿用也没有。红脖子曾度过很多快乐的时光，也曾遇到过无数困难，但是这场突如其来的冰灾却让它感到空前的绝望。它耗尽了体力，碰得头破血流，还是没有办法打破那冰块儿。听到孩子们的哭喊声，它更加痛苦了。

现在，它们的敌人没法找到它们了。可是它们也挨不过寒冷和饥饿的痛苦啊！当黑夜再次降临的时候，小鹧鸪们渐渐绝望了。它们静静地躺在雪壳下，一动也不动。起初，它们还怕狐狸来了会发现它们，当狐狸在冰壳上慢慢走过的时候，那种深埋在内心的对生命的热爱，使它们一动不动地蜷缩着，直到狐狸走过去为止，虽然狐狸压根儿就没有发现这里还有活着的鹧鸪。但是第三天晚上慢慢地过去的时候，它们不仅不再担心有狐狸来，甚至还希望它来敲开这块冻得梆硬的雪壳。因为，那么一来，它们至少还能有一个用搏斗来争取生存的机会。

心理描写：由“害怕”狐狸来再到“希望”狐狸来，这样的心理变化，准确而恰当地揭示了小鹧鸪们那种渴望生存又极度无奈的心理状态。

今天又有一场猛烈的暴风雪。北风怒吼着，卷走大量的雪花，掠过银白色的大地。一粒粒的雪点子不断地猛擦着地面，好像要把雪壳磨破一样。雪壳下面本来就一点儿不暗，这会儿越发明亮起来了。红脖子整天整夜都在用嘴啄着雪壳，嘴巴都变钝了，可它还是不停地啄啊，啄啊，坚决不肯放弃。

第四天早晨，红脖子的体力已经耗光了。虽然听不到小鹧鸪的叫声了，但它还是继续啄雪壳。快到中午的时候，太阳出来了，红脖子的努力终于有了一点儿回报，它头顶的冰块儿上渐渐地有了一个小亮点。于是它又虚弱地继续啄下去。到了傍晚，它终于打出了一个洞口，可以把脑袋、脖子和永远美丽的颈毛，伸到外面去了。但它宽宽的肩膀还是出不来，不过，它现在可以朝下啄了，这就使它增加了四倍的力量。接着，它又用尽力气，拼命地敲打起来。终于，雪壳被它啄破了！

红脖子从雪壳下钻了出来，急切地飞到附近的岸边，找了几个蔷薇果填填肚子，恢复些体力，然后马上回到雪壳旁，一面跺脚，一面咯咯地呼唤着自己的孩子。可是，它只听到了一只小鹧鸪用极其微弱的声音回答。它用尖利的爪子，马上就把刮薄了的雪壳弄开了，让小家伙软弱无力地爬出洞来。可是，爬出来的就只有这一只而已。另外两只小鹧鸪没有回答它的叫唤，也没有显露出表示它们还活着的迹象。它们散落在冰牢的什么地方，红脖子也不知道，而且无从查找。无奈，红脖子强忍悲痛，带着唯一存活的小鹧鸪飞走了。

· 我的好词好句积累卡 ·

崭新　蜷缩　渊博　身强力壮　焕然一新

风把稀稀落落的雪花吹进洞来，给它们盖上了雪白的被褥。

它们静静地躺在雪壳下，一动也不动。

第十二章　擂鼓声再也听不到了

那场灾难后，过了很久红脖子和它的孩子都还没有完全恢复健康，不过充分的食物和良好的休息是能够治好一切的。冬至那天，天气晴朗，阳光明媚，红脖子精神抖擞又开始了“击鼓”表演。卡迪带着狗和枪，爬上山谷，决意逮住这两只鹧鸪。

在这条山谷里，动物和人都知道这只有金色颈毛的大鹧鸪。在猎人月，已经有许多猎人想捕杀健壮而有智慧的红脖子而让自己出名。可是红脖子拥有丰富的生存知识，它非常清楚自己什么时候该做什么。所以，它总能成功脱险。

卡迪也是个经验丰富的老猎手，他找到红脖子的次数是最多的。可是红脖子太聪明了，他也没有办法接近到足以找到最佳射击的位置。就这样，红脖子一直活得好好的，山谷中照样可以听到它有力的咚咚咚的“敲鼓”声。

到了下雪的季节，红脖子带着它的孩子搬到法兰克城堡附近的树林里去住了，那里的食物很丰富。在东面山坡上，在蔓延着的毒胡萝卜中间，有一棵漂亮的大松树。这棵松树有十八米多高，最矮的枝丫也跟别的树的树顶一样高。在这儿，枪弹是打不上来的。松树周围的植物都很矮，有爬行的毒芹，有葡萄藤、鹿蹄草，雪堆里还有甜甜的黑橡树果。这真是一个适合生存的好地方。整个捕猎季节里，红脖子在大松树的帮助下，逃过了无数次劫难。

在合法的打猎季节，那棵松树至少有十几次救了它们的性命。可是卡迪在山里生活了几十年，对各种动物都非常熟悉。它通过观察，掌握了红脖子它们寻找食物的习惯，就在它们觅食的地方布置了一个陷阱。

这天，红脖子带着孩子在那儿寻食。卡迪的猎狗来袭击小鹧鸪了，而他自己则埋伏在河岸下面。小鹧鸪看到猎狗朝自己走来，既紧张又害怕。红脖子冷静地喊道："孩子，别怕！快起飞！起飞！"说着，做出样子飞快地向大松树飞去。突然，它看到卡迪举着枪正躲在一树矮树后瞄准，又焦急地飞回到它的孩子身边，对着小鹧鸪喊着："这边！快藏起来！"这时猎狗已经扑了过来。小鹧鸪吓得大叫一声，惊慌失措地飞了起来，它一着急把爸爸的话抛到九霄云外去了。不幸的是，它逃过了猎狗的扑杀，却又落入了猎枪的火力范围之内。

砰！卡迪的枪声毫不客气地响了。啪，小鹧鸪中了弹，喷出了鲜血，一下子掉到雪地上，成了一具羽毛蓬乱的尸体。

红脖子眼看自己身边最后一个孩子

拟声词："砰""啪"这两个拟声词用得恰到好处，一个是猎人向天上开枪的声音，一个是小鹧鸪向地上跌落的声音，两者相呼相应，写出了现场感。

就这样凄惨地离开了，悲痛不已。而它的处境也变得异常危险了。它没有办法安全地起飞，只能低低地蹲在那儿。那只猎狗现在离它不到十米远。

后来，它好不容易才偷偷溜到一棵树的树干后面，躲开了猎人的射击范围，才迅速地飞到空中，一鼓作气飞到了泰勒山边幽静的山谷中。

现在，红脖子又是孤身一人了。它孤零零地在漫长的冬季里，一次次遇险，一次次逃脱。猎人们知道山谷中剩下的鹧鸪只有红脖子了，就狠命地追捕它。红脖子的生活渐渐失去了希望。

阴险的卡迪发现，带枪去追赶红脖子是件浪费时间而徒劳的事。所以等到雪积得非常厚、食物也非常难找的时候，他想出了一个坏主意。凡是在红脖子可能觅食的地方，他都设置了机关、陷阱。那些机关是用绳索做成的套子，专门套鹧鸪的脚。一只棉尾兔——红脖子的老朋友，曾经用尖利的牙齿咬断了好多根绳索。但绳索到处都有，总有那么一些被留了下来。

一天，红脖子休息时发现远处有一个黑点，它怕是老鹰，便一心一意地注视着那个黑点。结果，一不小心踩进了一只索套里。索套猛地往上一弹，牢牢地套住了它的一只脚。它的一条腿立刻被吊了起来。

红脖子被倒挂着，狠命地扑扇着它那对强有力的翅膀，但始终没有办法挣脱那该死的绳索。它被吊了一天一夜，饱受折磨，甚至期盼着猎人早点儿过来，好早点儿死去，可是猎人一直没有来。

第二天晚上，它无助的挣扎声，引来了一只觅食的猫头鹰。结果，这位身经百战的大英雄就这样被结束了生命。

呼啸的北风，挟卷着狂舞的雪花，刮过冰面，穿过平原，越过沼泽，掠过黑森森的湖泊，就像红脖子在疯狂月的幽暗中飞行一样。北风一直往前飞奔，卷进了唐河河谷，以后就消失得无影无踪了。

春天到了，树林里的鸟儿再也听不到咚咚的擂鼓声了。烂泥涧里那根被啄击的老松树桩子，也悄无声息地腐烂了。

·我的读后感·

漂亮、勇敢的“红脖子”拼命地克服困境，一次次想方设法逃脱敌人的迫害，但是最终还是没有摆脱被猎人算计的厄运。人类为什么总是千方百计地去残害动物呢?

一只信鸽的故事

第一章　名鸽之家的比赛

信鸽初级飞行比赛的选拔今天就要举行了，很多养鸟的人前来观看比赛，因为他们非常关注信鸽选拔比赛中的赢家。选拔比赛的地点就选择在名鸽之家。名鸽之家在一座阁楼的顶层。这座阁楼坐落在四十九号街上，我们需要穿过一个大马厩的侧门，然后再顺着楼梯一直经过一个狭长的阁楼，才能到达阁楼顶层的名鸽之家。在那里，你会闻到甜甜的干草味儿混合着淡淡的鸽笼的气味，还可以听到鸽子咕咕咕的叫声和翅膀扑棱的声音。

我非常幸运地担任了这次信鸽初级飞行选拔比赛的裁判，由我来决定哪只信鸽是获胜者。因为裁判需要找一个没有任何偏袒之心的人来担任，而我就是最合适的人选。有五十只幼鸽将要参加这次选拔比赛。当然，为了这场选拔赛，这五十只幼鸽曾和它们的父母一起进行过一两次短途飞行。可是这次比赛，信鸽们要做一次漫长的独立飞行，起飞地点在新泽西州伊丽莎白市。

选拔比赛的规则是：第一只回到鸽房的信鸽就是选拔比赛的冠军。为什么这样决定呢？第一只飞回来的信鸽也很厉害啊，为什么一定要第一个飞回鸽房才可以？其实不难理解，因为信鸽最主要的用途就是传递信件，所以比的不是速度，而是报告信件的能力。想象如果一只信鸽很快飞回来了，但却没有携带信件，那么信鸽的返回又有什么意义呢？

在我们这个地方，大家把一些具有观赏性的鸟类称做携带者，如果你看到的话，就会发现在这些携带者的身上有着发达得令人好笑的赘肉。而从外形上看，那些身上没有艳丽的颜色，也没有过多装饰的鸽子就是可以为人们传递信息的信鸽。信鸽的飞行速度很快，方向感极为敏锐，又极为聪明，可以很顺利地完成人们交给它的任务。而事实也证明无论在什么情况下，它们都能够很顺利，很准确地飞回自己的鸽房。信鸽怎么会有如此敏锐的方向感呢？如果你仔细观察每一只信鸽，就会发现它们的耳朵上方有个地方是凸起的，且相当明显。经科学家研究，信鸽的脆骨内有很多的内耳。所以，信鸽强烈的方向感应该说是天生的。另外，信鸽的翅膀很强健，使得它飞行起来速度很快。这一切，使信鸽迅速准确地飞回鸽房并不是一件很难的事情。

外貌描写：生动活泼的语言写出了作为观赏性鸟类的形体的重要特征。

比赛之前，我被告知，12点的时候放飞所有的鸽子。同时，我还被告知它们回来的时间大约在12：30。组织人员还特意提醒我，信鸽飞行的速度超乎想象的快，就像旋风一样，极有可能它们已经飞进巢了你才发现。

为了保证选拔比赛的公平，我只将一扇鸽门打开了。因为这样可以在第一只鸽子飞回来的时候就能立即关好门，从而让大家清楚地看到获得胜利的信鸽。在比赛中，信鸽面临的是脑力和体力的双重检验，想要取得比赛的胜利对于任何一只信鸽来说都不是一件容易的事情。

为了亲眼看到获胜的信鸽的风采，所有来看比赛的人都显得紧张而又兴奋，大家很整齐地站成一排，并且极为关注地盯着那扇唯一打开的鸽门。

“关门，关门！飞回来了！”突然有人叫道。

“是我的宝贝儿，是我的阿诺克斯！阿诺克斯！太厉害了，真想亲你一口啊！”阿诺克斯的主人手舞足蹈地喊着。

成语：“手舞足蹈”形象地描绘出了最先飞回来的信鸽主人高兴到极点的样子，用词贴切、生动。

在这些声音响起的同时，鸽群闯进了我们的视野。它们从屋檐上、从烟囱附近飞了过来，就像一团云彩似的飘了过来。这一切超乎我的想象，即便我早有心理准备，也一时反应不过来。

“你们看啊，多么美丽的鸟啊，它蓝白色的羽毛就像绸缎一样美丽！它的胸脯，它的翅膀，它的眼睛都是绝无仅有的啊！你们见过这么漂亮的信鸽吗？”随着阿诺克斯的主人的解说，人们围绕在它身旁，充满崇敬的神情。人们看阿诺克斯喝完水之后，又飞去食槽里找吃的东西！大家都感叹：“这真是一只勇敢智慧的信鸽啊!”

与这只聪明的信鸽相比，有一只蓝色的信鸽最后一个飞回了鸽笼。而这只蓝色信鸽的主人是比利，因为这只信鸽实在飞回来得太晚了，所以比利免不了很气愤，他对着飞回来的蓝色信鸽大喊道：“你真是个小笨蛋啊，你怎么不学聪明点儿呢？怎么不飞快一点儿呢？你怎么还飞回来了呢？知道吗？你是最后一个，最后一个！获胜的不是你，是杰克的小宝贝儿！”

语言描写：这段话连用了四个“？”，两个“！”，充分写出了信鸽主人比利内心的气愤、失落和嫉妒，生动、恰当。

这只蓝色的信鸽被唤做“角箱”，因为它是出生在角箱里的。角箱是一只非常漂亮的鸽子，从出生起它就表现得与众不同，和同年龄的鸽子相比，它个头儿比较大，模样也比较漂亮。它经常以欺负个头儿比不过自己的信鸽为乐，正因为如此，比利也非常看重这只鸽子。可是，比利却对此常常表示怀疑，因为在比利看来，角箱的腿啊、脖子啊，都太长了，甚至角箱随时可能因为它的脖子太长而无法支撑身体！所以比利一直认为角箱不会是最出色的。这次选拔赛的结果，也证实了比利的看法是不无道理的。

每次比赛，那些笨拙的、不够优秀的信鸽总会被淘汰。这次在伊丽莎白举行的飞行比赛也不例外，已经淘汰了一部分信鸽，其中有的是因为身体虚弱落在了后面，有的则是因为不够聪明而迷路，最后成功飞回来的信鸽只有四十只，还有十只没有按时飞回来，其中的五只甚至彻底消失了。有了一次又一次的经验，信鸽的主人们不断改良信鸽的血统，每一只信鸽都越来越优秀。

· 写一写，练一练 ·

1）给下列加点字注音。

马厩（　　）　阁（　　）楼

2）用下列词语造句。

漂亮——

淘汰——

第二章　一次完美的飞翔

选拔比赛结束后，每只信鸽的主人都渴望自己的信鸽如杰克的那只信鸽一样，能够取得比赛的胜利并赢得第一名的桂冠。

为了培养出最优秀的信鸽，人们开始定期对信鸽进行训练。训练的难度和强度一天天加大，离家的距离也一天天增加，而且每次的方向都不同。之所以会采取诸多的手段，其主要的目的就是使信鸽清楚地知道在离家二百五十公里的各个角落的情况。无疑，在这样艰苦的训练中，一些意志不够坚定、体格不算强健的鸽子就被淘汰了。

经得住训练的鸽子是最初五十只中的二十只。当然这些信鸽都是非常优秀的，单从外形上来说，它们的羽毛多是白色、蓝色或棕色，它们的胸脯是宽阔的，它们的眼睛是明亮的，就如钻石一般，翅膀是长长的，它们的信鸽血统也是非常纯正的。这些有利的身体条件就为它们的飞行奠定了一个良好的基础。

外貌描写：通过对信鸽的羽毛、胸脯、眼睛、翅膀的描写，简洁地刻画出了优秀信鸽的体态特征。

在这被选拔出来的二十只优秀的信鸽中，有一只是我们非常熟悉的，那就是选拔比赛中的胜利者，也就是那只被唤做阿诺克斯的信鸽。

当我们看到阿诺克斯腿上那枚银白色的徽章时，我们就再次相信它是一直表现都很出色的信鸽。在比赛中，阿诺克斯差不多每次都会带给大家最好的成绩，让我们对它不得不由衷地喜欢！如果你亲眼看到，你也一定会喜欢上它飞出鸽笼的轻盈。在打开鸽笼时那一瞬间的飞翔，一定会使你爱上这只优秀的信鸽。你也一定会惊讶于它对方向判断的无比准确。

在被选拔出来的二十只优秀的信鸽中，还有一只是我们非常熟悉的，那就是属于比利的那只角箱。

和阿诺克斯一样，在角箱的腿上也佩带着神圣的徽章，从而表明它是鸽队的成员。可即使是这样，比利仍然看不起它，因为它的表现总不能让人满意。比如，角箱在比赛中从来没有得过第一名，甚至，它还有贪玩的毛病，常常比其他鸽子回来得晚。有时，它甚至会晚回来好几个小时。这样的状态和经常赢得比赛的阿诺克斯比起来，无疑是不可原谅的！鲜明的对比，使得比利一直不喜欢角箱。可是，喜欢角箱的人却非常支持它，他们说："优秀与不优秀并不是立刻就能显现出来的。不能对它丧失信心啊！我们应该给它机会，而不是抹杀它的能力。"

随着时间的流逝，来到了一年之后，在一次意外发生的事件中，阿诺克斯又有了非常出色的表现。而角箱还是没有什么更好的表现。

在海上进行飞行训练，信鸽的优劣更容易区分出来，因为海上的飞行环境更为复杂。我们都知道，海面是一望无际的，不像在地面上那样有明显的界标可以作为辨别方向的依据。如果在大海上遇到了浓雾，那么无疑会难上加难了。因为浓雾会把太阳遮挡起来，那样信鸽在飞行的时候就没有任何可以借助的东西来辨别方向了，而信鸽的记忆、听觉、视觉这时都不起作用了。它们唯一剩下可以利用的东西就是它们与生俱来的敏锐的方位感。越是这个时候，就越是要求信鸽具备勇于挑战的能力，一旦信鸽产生了畏惧心理，那么所谓的方位感就起不了任何作用了。

成语："与生俱来"这个成语言简意赅地写出了信鸽天生具有敏锐的方位感的特性。

在一次海上的飞行训练中，三只信鸽被带上了一条开往欧洲的轮船。这三只信鸽中包括第一次被放飞的"星背"，还包括我们所熟悉的阿诺克斯和角箱。原定的训练计划是等到轮船远离陆地的时候就放飞信鸽，可是当时突然下起了大雾，计划就被打乱了，更惨的是雾越来越大，越来越浓。而正在这个时候，轮船的发动机又出了问题，根本无法前进，所能做的补救措施就是求援。可在这样的天气，轮船的鸣笛并没有为它等来救兵。所有的人都近乎绝望了，甚至有的人在唉声叹气。

动词："绝望"恰当地描写出了人们身陷大海后看不到任何希望的焦虑心情。

"信鸽啊，信鸽，我们可以用信鸽

送出求救信啊！”其中一个船员说道。

“对，我们有信鸽啊！”人们兴奋起来，开始做各种各样的准备工作。

人们决定先让星背来传递求救的信息。船员们将求救信息写在防水纸上，接着把它卷起来绑在星背的腿上，最后将星背抛上天空。等星背消失之后，人们就翘首等待着它的归来。

半个小时过去了，星背没有回来。一个小时过去了，星背没有回来……直到很久以后，星背也没有回来，估计是丢了性命，死在海里了。

接下来人们选择了角箱，求助信很快被绑到了角箱的腿上。在大家期待的目光中，角箱飞了起来，但不一会儿它就一脸恐惧地飞了回来，落在了轮船的缆索上。无论大家如何驱赶，它也不起飞了。

神态描写："一脸恐惧"活灵活现地描写出了角箱害怕的样子，也从侧面表明了它辜负了人们的希望。

没办法，人们只好请出了第三只信鸽。这只鸽子长得瘦瘦小小的，脚上有个名字：阿诺克斯。人们把信从角箱身上取下来，绑到阿诺克斯的身上，之后就把它抛向空中。求救信上写道：请来救救我们吧！星期二早上10点，我们的轮船在距离纽约338公里的海上，发动机出了故障，无法继续前进。现在，我们只能在大海上随水漂流。您如果看到这封信，请速联系一艘拖船前来营救。我是这艘故障船的船长，拜托您了！

阿诺克斯起飞后，越飞越高，很快就从人们的视线中消失了！

阿诺克斯会完成任务吗？船员们疑惑着，没有一个人敢确定事情到最后会是什么样。但刚才放飞阿诺克斯的船员注意到：阿诺克斯的心脏跳动得稳健有力，不像刚才那两只鸽子那么慌张。所以，他相信这次他们是有希望得救的！

阿诺克斯起飞后就以极快的速度，飞向它出生的鸽房。在茫茫的海面上，阿诺克斯可以依靠的就只有自己的本能了。阿诺克斯在浓雾里只用了四小时四十分钟就飞过了三百三十八公里！阿诺克斯的本能真的很强大，它战胜了一切恐惧心理，从而顺利完成任务。阿诺克斯的智慧和果断，使船上的人们很快就得救了！

这次飞翔真的太完美了，完美到让我们每一个人震撼！当然，这次成功的飞翔也被记录了，这不仅使得阿诺克斯的名字被记录在了信鸽俱乐部的名单上，而且这个记录还被权威人士用橡皮章和墨水盖在了阿诺克斯的翅膀上。

·我的好词好句积累卡·

轻盈　流逝　敏锐　难上加难

我们应该给它机会，而不是抹杀它的能力。

这次飞翔真的太完美了，完美到让我们每一个人震撼！

第三章　信鸽保护法的产生

这次立下功劳之后，阿诺克斯便一次又一次地出色地完成任务，用一次又一次的行动证实着自己的优秀。

有一天，一位银行家来到了信鸽之家。这到底是怎么回事呢？原来，在离这里不到六十四公里的地方发生了一件非常重要的事情，这件事情能够决定银行家是否能够在生意中获胜。而唯一能获胜的方法，就是尽快知道事情的结果。他本来想用电报，可拍电报太慢了。是呀，每拍一次电报就要耽搁至少一个小时的时间！最后，他想到用一只优秀的信鸽来传递信息。所以，银行家坐马车来到信鸽之家，并且爬上布满灰尘的楼梯，与比利坐了整整一个上午。在认真地看过许多文件之后，他向比利说明了来意，并且提出，只要信鸽完成这次重任，那么自己一定会给出很高的价钱。

哪一只信鸽才可以担此重任呢？毋庸置疑，那就是在海上飞行训练中有出色表现的阿诺克斯！

成语：“毋庸置疑”用不可辩驳的语气写出了人们对信鸽阿诺克斯的优秀才能的认同。

阿诺克斯在出发将近三个小时的时候，就如流星坠落一般从外面呼啸着飞了进来！当然，它没有让大家失望，它带回了银行家翘首期待的消息。

动作描写：在这句话中，通过一系列具体的动作描写，将银行家开始的心惊胆战和知道结果后的兴奋精妙、准确地表达出来。

比利取下阿诺克斯身上的纸卷，交给银行家。银行家面色苍白地接过纸卷，哆哆嗦嗦地打开了它，很快他欢呼雀跃起来：“我获胜了！我获胜了！”

正因为阿诺克斯这一次优秀的表现，使得银行家迫切地希望能够得到阿诺克斯，以便它更好地为自己服务。可他的这个请求并没有得到许可。比利对银行家说：“信鸽最喜欢的地方是自己从小长大的鸽房，如果你坚持把它带走，那么你得到的不过是一个躯壳而已！你始终是无法得到阿诺克斯的心的！”结果，阿诺克斯还是留在了信鸽之家。

世界上总是有一些事情让我们感到遗憾。比如，有一些人喜欢射杀鸽子，当看到飞在天上的鸽子的时候，他们就毫无顾忌地射杀，从而使得很多优秀的信鸽死在他们的枪口之下，而那些信鸽携带的信件也因此而被毁。这多么让人气愤啊！当然，当猎人看到信鸽身上携带有信件的时候，也会感到忏悔和自责，并且会想方设法，让人把消息送出去。有时还会将信鸽中途被射杀的消息报告给信鸽俱乐部。一般情况下，猎人是不会承认自己射杀了信鸽。

有一个叫阿诺夫的信鸽，它是阿诺克斯的同胞兄弟，就死在一次执行任务的途中。阿诺夫有三次良好的飞行记录，送出过二十条重要的信息，救过两条人命，因为当它被射杀的时候，我们还可以看到它腿上银白色的徽章和翅膀上良好飞行的印记！射杀它的猎人在来报告信鸽消息的时候，鸽主一再逼问，致使他最后承认是他把阿诺夫打死的。而射杀信鸽的理由很简单——他的邻居生病了，想吃一块鸽肉馅儿饼。为了帮助邻居完成心愿，他射杀了正在执行任务的阿诺夫。

养鸽人在得知一切之后，哭了，哭得很伤心。他一边哭一边说：“你知道吗？阿诺夫，它是一只多么优秀和出色的信鸽啊！真希望有鸽子保护法啊！有了鸽子保护法，我就可以惩罚你们这些随意杀害信鸽的人了。为什么就因为一块鸽肉馅儿饼，就让它赔上自己的性命啊！为什么你那么残忍？以后你的邻居想吃鸽肉馅儿饼的话，麻烦告诉我，我可以去找那些用来做馅儿饼的雏鸽。要是你有一点儿良知的话，希望你再也不要杀信鸽了。”

动作描写：一个“哭”字写出了养鸽人得知信鸽为什么失去性命时悲愤的心情。

这件事情过去没多久，在银行家的大力帮助下，奥尔巴尼市的鸽子保护法很顺利地就通过了。因为银行家现在是奥尔巴尼市的一个重要的人物，他十分感谢曾经帮助过他的阿诺克斯，非常愿意为信鸽们做他能做的一切！

·写一写，练一练·

1）给下列加点字注音。

忏（　　）悔　　　馅（　　）儿饼

2）选词填空。

惩罚　　处罚

坏人都得到应有的（　　），好人也踏上幸福的道路。

因为闯了红灯，交通警察挡住了他，对他进行了（　　）。

第四章　两年的囚禁生活

我们再来说说角箱吧。在那次轮船事件中，它的表现实在是让人太失望了，它恐惧的神情人们至今还记得。而一向不喜欢它的比利，一直认为它是一个不合格的队员。当然，还有一点让我们不敢恭维，那就是角箱是一个恃强凌弱的暴徒。

成语："恃强凌弱"生动形象地将信鸽角箱依仗自己身强体大，欺侮弱小的特点刻画了出来。

一天早晨，当比利走进鸽房的时候，碰巧看到角箱和阿诺克斯为了一只具有高贵血统的漂亮小母鸽在打斗。角箱和阿诺克斯的关系一直不好，角箱因为自己身体健壮，常常不把阿诺克斯放在眼里。而这只漂亮的小母鸽最终成了它们打斗的导火线。

鸽房里羽毛乱飞，乱成一团。比利立刻上前把它们分开。这两只鸽子之间的打斗，也以阿诺克斯的失败而告终。

这次的打斗事件，使比利更加讨厌角箱了。他直接把阿诺克斯与小母鸽关在一间单独的鸽笼里，而把角箱与另外一只母鸽关在了一起，这样的结局无疑是成全了阿诺克斯，惩罚了角箱。

两周之后，阿诺克斯终于赢得了小母鸽的芳心，而和角箱关在一起的那只母鸽也喜欢上了强壮、外表英俊的角箱。于是，两个鸽子家庭组成了。

当角箱昂首阔步地走来走去的时候，它身上的羽毛就会在阳光的照射下发出漂亮的光彩。而当它吹出漂亮的嗉囊支起它脖子周围的羽毛时，就好像系上了一条彩色的围巾。这一切，没过多久，又再次让那只小母鸽动心了。阿诺克斯虽然很健壮，但它体形很小，只有明亮的眼睛可以吸引小母鸽，再加上它很优秀，经常在外执行任务，在鸽房的时间少。这样，与角箱相比，就没有什么优势了。所以，阿诺克斯的妻子——那只漂亮的小母鸽，也禁不住角箱的诱惑，总是寻找机会和角箱约会。

一天，当阿诺克斯从波士顿送信回到鸽房的时候，发现角箱竟然占有了自己的家和妻子。更让它气愤的是，角箱的妻子和自己的妻子却毫不在意。阿诺克斯是绝对不允许这种情况出现的！为了自己的爱情和家庭，它决定要和角箱展开一场决斗。

阿诺克斯是信鸽中的佼佼者，可是一谈到决斗，而且是和身体庞大的角箱决斗，好像就没有什么优势可言了。这似乎注定了阿诺克斯的失败。

阿诺克斯的妻子回到了家，它对这场决斗一点儿也不关心，好像这与它没有任何的关系。好在比利及时赶到，阿诺克斯才免于死在角箱的利爪之下。比利气极了，他将角箱的脖子一拧，可是没想到的是角箱很快就逃跑了。

一向偏袒阿诺克斯的比利开始精心照顾阿诺克斯，使得它恢复得很快。十天以后，阿诺克斯已经完全恢复了。阿诺克斯也原谅了自己的妻子，它仍像往常一样，照顾着自己的家。

形容词："精心"准确地写出了比利对阿诺克斯照顾得周密细心，体现了他对阿诺克斯的爱护。

然而这时，阿诺克斯必须去参加一场名叫“不限年龄有奖竞赛”的信鸽竞赛。这是六个月之前便确定下来的事情。当时，比利特意给阿诺克斯报了名，并且还在阿诺克斯身上下了很高的赌注。所以，它是必须要出场的。按照比赛的规则，参赛者先要把信鸽运送到芝加哥，然后需要根据信鸽的竞赛顺序分时间段来放飞。最先放飞的信鸽自发地组成了一个鸽群，根据自己的方位感飞成了一条直线。阿诺克斯虽然是较晚被放飞的，但是它非常容易地赶上了鸽群，并一路领先。

已经连续飞行了十二个小时，飞过了九百六十六公里之后，阿诺克斯认为冠军是属于它的了。长途飞行使得阿诺克斯感到饥渴万分，于是，它跟着一群陌生的鸽子飞到了一个鸽房的水槽边，开始喝水。当鸽房的主人发现自己的鸽房里多了一只陌生的鸽子的时候，他非常好奇，开始注意它。而这时鸽房里的一只鸽子也发现了这个不速之客，它很是气愤，向阿诺克斯示威，阿诺克斯张开翅膀表示抗议，鸽房主人很快注意到了阿诺克斯的翅膀上那一长串儿的印记，那些都是它良好飞行的记录，都是它曾经的辉煌！鸽房主人意识到这是一只很了不起的信鸽，他很快地关上鸽房的门，捉住了阿诺克斯。

动作描写：在这句话中，“尖叫”一词把鸽房主人见到“阿诺克斯”四个字时高兴得像发了狂的样子形象生动地刻画了出来。

当鸽房主人看到陌生信鸽的徽章上的四个字“阿诺克斯”时，他欣喜若狂，不由得尖叫起来：“我真是太高兴了！阿诺克斯！我早就听说过你了！”鸽房主人把阿诺克斯身上携带的信卷展开，只见上面写着：“参加‘不限年龄有奖竞赛’。阿诺克斯于今日凌晨4点从芝加哥起飞，目的地是纽约。”

“真是神速啊！十二个小时飞了九百六十六公里！我一定不能让这只信鸽跑了，它是我的了！”偷鸽贼一边想着，一边把阿诺克斯放到了一个非常舒适的鸽笼里。偷鸽贼渴望通过阿诺克斯培育出优良血统的鸽子，从而为自己谋取利益。当然，偷鸽贼是非常喜欢信鸽的，对于像阿诺克斯这样的优秀信鸽，他自然是倍加爱护。偷鸽贼精心照顾阿诺克斯，为它提供最可口的饮食，并且把最舒服的笼子留给了它。就这样，阿诺克斯被关了起来，一关就是两年。最开始的时候，它总是在鸽笼里来回地走动，每天只想一件事情，那就是寻找机会逃跑。这样的情形一直持续了四个月，后来，阿诺克斯发现逃跑几乎是不可能的，慢慢地放弃了这个念头。

偷鸽贼看阿诺克斯稳定下来了，就准备利用阿诺克斯的血统，从而使他可以得到血统纯正的信鸽。于是，他挑选了一只害羞的雌鸽放进了阿诺克斯的鸽笼里，准备让它获得阿诺克斯的好感。结果，他发现这种做法是徒劳的。之后的一年里，偷鸽贼有些着急了，他竟然挑选了一群雌鸽放进了阿诺克斯的鸽笼里，想从中有所收获，可没想到这种努力也是徒劳。而这也激怒了阿诺克斯，它除了对那些雌鸽非常粗暴，有时候还拼命地在铁丝网上扑上扑下，想逃脱这里的束缚，可这一切没有任何作用。

形容词："徒劳"一词形象地表明了偷鸽贼的做法是没有用处的，也从侧面衬托出阿诺克斯对家的热爱。

两年过去了，一天，偷鸽贼又为阿诺克斯准备了一个新的舒适的鸽笼，并且特意找来一个非常漂亮的雌鸽。这个新找来的雌鸽像极了它原来的妻子，所以，阿诺克斯开始对这只雌鸽留意起来。这一切都被偷鸽贼看到了眼里，这让他特别高兴。他想阿诺克斯是爱上了这只雌鸽，并打算在这个地方安下家来了。于是，他很放心地打开了鸽笼。阿诺克斯趁这个机会，张开那双印满辉煌纪录的翅膀，像闪电一般飞了出去……"我要回家，终于可以回家了！"阿诺克斯终于逃出了可恨的牢笼，很快消失在遥远的天边。

·我的好词好句积累卡·

健壮　徒劳　辉煌　饥渴万分

当它吹出漂亮的嗉囊支起它脖子周围的羽毛时，就好像系上了一条彩色的围巾。

第五章　英雄的悲歌

我们知道人是比较依恋自己的家的，因为家始终是我们伤心失意时可以依靠的地方。但是，如果鸽子也能够和我们人类一样，拥有对家的那份依赖之情，那么我们则会特别感动。虽然，我们无法知道鸽子的内心世界，在对这一点的判断上有可能会失误。但是，当信鸽表现出对家的热爱的时候，我们还是会深深地为之震撼。因为信鸽虽小，但只要它活着，它就会扇动它勇敢的翅膀，并且无论何时何地，都会想到回到自己的家。这种对家的依恋和执著将会有着永远都无法抵抗的力量，甚至可以主宰一切！

> 动词："主宰"有力地写出了信鸽对家的热爱和依赖信念的强大。

阿诺克斯对家的热爱就是如此，甚至可以说到了热血沸腾的程度。在它心里，家是甜蜜的。在牢笼中所受到的磨难和悲伤，只有在家里的时候，才可以稍感放松和安慰。如果可以像人类一样，用歌声表达自己的感情，那么阿诺克斯一定会放声高歌！

“回家了，终于可以回家了！”在阿诺克斯的心中，家才是它最渴望的地方。当获得自由之后，它立刻挥动着翅膀，向上盘旋飞舞起来。越来越高，越来越轻盈，越来越美丽。两年的囚禁生活终于结束了，当我们看到阿诺克斯盘旋在高高的蓝天上的时候，我们仿佛看到一团白色的火焰，它超过从山谷中疾驰而来的特快专列，越过一座座绵延不绝的山脉，并且飞过了波涛汹涌的林海，慢慢地消失在天空中。是的，那位可恶的偷鸽贼一定不会再见到它了！

在回家的途中，阿诺克斯遇到了一只老鹰。一开始，阿诺克斯并没有发现那只躲藏在山谷里、静静地等待着猎物自投罗网的老鹰，所以，当老鹰悄悄地飞过来的时候，阿诺克斯对危险没有丝毫察觉。阿诺克斯如一只初出茅庐的小鹿从一只拦路熊身边跑过一样，勇敢地、沉着地飞过了老鹰的身边。

成语:“自投罗网”简洁地把老鹰在等待猎物自动送上门儿的捕食状态生动地描画了出来。

阿诺克斯为了尽快地飞回家，一刻也不放松地扇动着翅膀，慢慢地开始接近自己曾经飞过的地方了。一个小时之后，它看到了熟悉的地方——卡茨基尔！又过了一个小时，它来到了卡茨基尔的上方。这熟悉的感觉使得它体内仿佛被注入了无穷的力量。当它看到袅袅升起的炊烟从曼哈顿的上空升起的时候，它高兴极了，就好像一个人在饥渴万分的时候看到前方的棕榈树一样！

天有不测风云，就在这个时候，突然有一只老鹰从卡茨基尔附近的山顶上飞了下来。猎物就在眼前，这是多么开心的事啊！有很多只鸽子都曾经是它的猎物，相信这只鸽子也难逃它的手掌心！老鹰看准了阿诺克斯的位置猛扑过去，想一下把它抓在手里。

“天啊！快逃啊！那老鹰太可怕了！”如果你看到当时的情景，一定会如此感叹。因为老鹰实在是太强悍了，任何动物都难以逃脱它的魔掌。阿诺克斯赶快回头看一下吧！在你的后面有一只老鹰想取你的性命啊！

排比：这句话运用了“……看不到……看不到……更看不到……”的句式，将阿诺克斯想要回家的急切心情生动地描绘了出来。

可是，从阿诺克斯的眼里我们看不到恐慌，看不到畏惧，更看不到害怕的神情！

此刻，在阿诺克斯的心里，只有一个想法，那就是尽快回到自己的家。阿诺克斯无暇顾及其他，只是尽力加快了速度！

动词：“纳闷儿”一词生动地描写出了老鹰的疑惑、惊奇的情形，用词准确、精练。

“真没见过这样的鸟儿啊！”老鹰纳闷儿了，阿诺克斯的气势让老鹰畏惧了。最后，它一无所获，无趣地飞走了。阿诺克斯就像一块投石器上射出的石头，快速地穿过山谷。我们只看见信鸽扇动着一双白色的翅膀，以闪电般的速度消失在地平线上。

“太快了，真的太快了！”我们每一个人一定都惊讶于阿诺克斯那闪电般的速度。阿诺克斯沿着哈德逊山谷飞了下来，来到了以往熟悉的航线上，向着低处降落。尽管有两年的时间没有在这条航线上飞行了，但阿诺克斯仍感觉这里是那么熟悉，它欢快地沿着河岸飞翔着。

危险又在这个时候降临了，在不远处的山谷里，埋伏着一个可恶的猎人！当他看到阿诺克斯在空中低飞的时候，他的眼里大放异彩。“太好了，太好了，我的猎物来了！”他欣喜若狂。只听见“砰”的一声响，子弹已经从枪膛里射了出去，子弹击中了阿诺克斯，可阿诺克斯并没有从天空中坠落下来！

有几根残缺的羽毛从阿诺克斯的羽翼上掉了下来，翅膀上印有的辉煌纪录也被伤口弄得模糊不清了。尽管如此，阿诺克斯仍然顽强地飞着。

“回家，我一定要回到自己的家！”阿诺克斯很是坚定。家就在前面，阿诺克斯坚持着，往家的方向飞去。可是，这种飞行越来越困难，它身上的羽毛零散了，伤口也越来越疼，身体越来越虚弱无力，阿诺克斯依然坚持着，好像伤口对它没有一点儿影响。快了，快了，马上它就要看到自己的家了。阿诺克斯飞过陡峭的悬崖，飞过波光粼粼的水面，飞过花梨鹰的巢。

心理描写：这样的心理想法将阿诺克斯对家的坚定和执著的热爱生动地写了出来，表现了它不屈不挠的精神和信念。

在经过老鹰巢穴的时候，那些狰狞的老鹰发现了阿诺克斯。阿诺克斯对这些老鹰非常熟悉，它们曾经杀死过很多带有信息的信鸽。直到现在，老鹰的巢穴里还有很多被杀死的信鸽的羽毛。当阿诺克斯拖着疲惫的身体，勉强飞过老鹰的巢穴的时候，老鹰以迅雷不及掩耳的速度扑了过去，那强悍凶猛的气势再对比阿诺克斯的虚弱无力，结果就可想而知了。

阿诺克斯在快要回到阔别两年的家园的时候，血洒岩石！那双独一无二的翅膀上的羽毛，从老鹰的巢穴里飘了出来，飘向了无人知道的角落。这只优秀的信鸽就这样失去了自己的性命！而直到很久之后，人们才在废弃的鹰巢里，发现了刻有“阿诺克斯”的神圣徽章。阿诺克斯的消失也成为我们内心永远的痛楚！

· 我的读后感 ·

读到了故事的最后，英雄的信鸽阿诺克斯还是间接惨死在了人类的猎枪下。信鸽是人类的好朋友，很多小动物都是人类的好朋友。以后，我们要好好保护小动物，保护大自然的生态环境。

吉尔达河边的浣熊

第一章　浣熊家的新居

吉尔达河坐落在一片浩大而茂密的森林里。每年三月，春的讯息来临的时候，这里到处是一片生机勃勃的景象。乌鸦、啄木鸟、百灵等许多鸟儿就会踏着歌声成群结队地飞到这里，鸟儿们欢快的歌声在森林里回荡着，一扫冬日留下的寒冷与寂静。而一些地上生活的动物们也不会放弃这片欢乐的景象和这片美丽的森林，浣熊就是其中的一员。这一天太阳下山之后，一对浣熊夫妻就迫不及待地来到了这里。浣熊的身躯要比狐狸大一些，尾巴短而肥，身上的毛蓬松着，看起来有些笨笨的，但是它们行动很敏捷，能爬上十几米高的树干，而且把家也安在高高的树干上，以躲避危险。这对浣熊夫妻就是到这片森林里来寻找合适的新居的。

外貌描写：通过对浣熊的身躯、尾巴、毛等的描写，让我们对浣熊的形象有了一个初步的认识。

这对夫妻很有意思，它们好像不太想走陆地，一跃就跳到了横卧在它们前面的一根圆木的顶部，然后一前一后顺着树干“扑通、扑通”地往前跑。跑在前面的个子小一点儿的是妻子，它似乎有些不耐烦，总是很急躁地回头催促跑得慢的大个子丈夫，甚至会回头不时咬它一口。而浣熊丈夫似乎有副好脾气，总是表现得很温顺，紧挨着妻子，不急不躁的。虽然母浣熊跑在前面，但我们从它臃肿的身躯判断，它应该是怀孕并且应该是快生了。按照浣熊家族的传统，一定要在临产前找到一个安全的新居养育宝宝，难怪母浣熊会如此脾气暴躁。选择新家一般都是由母亲决定，所以母浣熊理所当然地跑在前面，而公浣熊则要保护妻子和未来宝宝的安全，所以它心甘情愿地跟在后面。

浣熊夫妻在河边的杨树旁边转了一会儿，显然还没有找到令它们满意的新居，它们只好钻到草丛中继续前行。它们急匆匆地行走，不一会儿，就来到了一片更广阔的树林，它们在林中不停地观察着每一个树洞，看哪一个树洞是理想的栖身地。这样，它们在一棵又一棵大树前逗留，仰起头仔细地逐个打量着，看看行不行，然后又离开，向下一棵大树跑去。它们观察了很久，也没有找到满意的。松树呢，很少有树洞；枫树呢，有的有树洞，有的没有；枯树呢，有树洞，但不一定适合居住，因为浣熊的洞一定要建在高处，这样才利于躲避风险。这对夫妻对自己的新居充满期待，因此也很挑剔。它们在各个大树下转来转去。它们有着丰富的经验，甚至只要看一眼下面的树根就知道这棵树是不是适合居住。

动词："打量"写出了浣熊对选择新居非常谨慎认真的样子。

天色渐渐地暗了下来，它们越过一棵棵粗大的树干，开始向两条河流交汇后的转弯处走去。这块河流交汇的地方很适合居住。这里有一片沼泽地，还有方便觅食的河流。因此母浣熊很认真地观察起河边的一棵棵树干来。它看见了一棵已经枯干的大枫树后，终于露出了满意的笑容。大枫树恰好耸立在满是泥泞的沼泽间，树的高处有一个大树洞，树的底部沉寂着一层软软的木屑，躺上去应该很舒服；树洞的入口很小，旁边的大树枝正好可以形成掩护，大树枝看起来也很坚固，可以躺在上面晒晒太阳；洞里面呢，既干燥又宽敞，完全可以容纳它们这一大家子。这样，母浣熊决定在这里安家待产了，公浣熊也终于松了一口气。

神态描写：这句话形象生动地描绘出了母浣熊好不容易找到合适的新居时开心的样子。

·写一写，练一练·

1）请写出下面词语的反义词。

温顺——（　　）　　满意——（　　）

2）照样子写词语。

生机勃勃——（　　）　　急匆匆——（　　）

第二章　球球的淘气行动

时间过得真快，转眼间就到了四月份。母浣熊舒舒服服地度过了这一个月，在大枫树上的新家里安稳地生下了五个健康、活泼的宝宝。刚出生的小浣熊和婴儿一样，生活很简单，除了吃就是睡，不吵也不闹，什么烦心事也没有。但是浣熊妈妈却没有那么轻松了，既要给孩子们喂奶，又要把它们收拾得干干净净，然而看得出它很快乐，对孩子们也疼爱备至。

又过了两个月，小浣熊们已经长大些了，它们已经有了自己的思想了，对外面也开始充满了好奇。天气晴朗的时候，它们通常会跑到洞穴外面去，横躺在树干上，懒洋洋地晒着太阳，很是可爱。

五只小浣熊渐渐长大，个性也逐渐鲜明起来。有一只小浣熊胖乎乎的，动作也慢腾腾的，做什么都最慢，就是简单的进洞和出洞它也是最后一个；有一只小浣熊呢，胆子特别小，它甚至会被自己的影子吓到；还有

夸张：用这样的夸张的写法生动地刻画出这只小浣熊特别胆小的特点，也使语言显得很活泼。

一只小浣熊，个头儿很大，但做事却很忙乱，慌慌张张的，连累得浣熊妈妈提心吊胆的，生怕它闯出什么祸事来，它就是我们整个故事的主人公——球球。

浣熊妈妈的烦恼随着小浣熊们一点点的长大，越来越多了。小浣熊们在妈妈的庇护下快乐成长，还不知道什么是危险，什么叫安全。它们只管自顾自地打打闹闹，蹦蹦跳跳。因此，浣熊妈妈总是很紧张地看护着孩子们，时刻注意孩子们的安全，并不忘经常提醒它们可以在洞门口玩，可以到高处的树枝上玩，但是绝对不可以到下面去玩。因为树下面的树皮已经脱落，很滑、很危险。可妈妈越是禁止，淘气的球球对下面的好奇心就越大，它总是想找机会下去看看。

心理描写：这样的心理描写，真实地反映出了“球球”淘气的特点。

有一天，球球和它的兄弟们在大树枝上晒着太阳，浣熊妈妈不知在洞里忙着什么，没有照看孩子们在外面的活动。球球遇到这样的好机会，它怎么会放过呢！于是它偷偷地从大树枝上溜了下来，绕过妈妈的视线，悄悄地跑到了光滑的树身旁。它想顺着树身慢慢地爬下去。但是树身太光滑了，完全超出了它的控制能力，它的脚刚伸出去，两只前脚还没来得及抱住树干，身子就已经控制不住了，不由自主地向下滑去。这可不是它想要的，它完全被吓坏了，四处乱抓东西。可它的经验太少了，抓到的树枝不

动作描写：使用一连串的动词“溜”“绕”“跑”，情趣盎然地写出了小浣熊“球球”的行为特点，表现了它的淘气与不安分。

是太细了禁不住它，要么就是太脆了，一抓就断了，于是球球很快就滑到了下面，“扑通”一声，掉进了水里。响声惊动了正在悠闲晒太阳的其他小浣熊们，它们可从来也没有想过会发生眼前的情景，都被吓坏了，尖声惊叫着，呼喊着妈妈快来救球球。听到孩子们惊慌的叫声，浣熊妈妈飞快地从洞里跑了出来，麻利地滑下了树干。这时的球球已经被河水冲到了不远处的沙滩上。幸运的是，球球看起来并没有受伤，因为它已经很快地从沙滩上跑到附近的一棵树下去了。浣熊妈妈看到球球毫发未伤，就回到了洞穴里，不再理它。它是想惩罚一下这个淘气的不听话的孩子。

球球很快就从刚才的惊吓中恢复过来了，看到自己平安无事，心里不免有些得意。在下面快乐地欣赏着美景，竟然还有些惬意，而其他的小浣熊这回有点儿羡慕球球了，它们的眼睛都时刻关注着球球在地面上的一切活动，心里开始想着怎么掉下去的不是自己呢。不过很快，球球就尝到了苦头，它要顺着光滑的树干回到温暖的家里可不是件容易的事情了。在下面玩够了，球球开始想回家了，只见它抱住树干，努力地用脚使劲向上爬，可是树干太光滑了，它的脚怎么也用不上力，怎么爬也爬不上去，直到累得气喘吁吁的，还是在原地没动，它开始泄气了，无奈地向妈妈求救，可妈妈只是到洞口看了看，并没有想帮它的意思。球球着急了，它开始拉长声音悲伤地大叫起来。妈妈看到球球已经受

成语：“气喘吁吁”描画出了“球球”用尽所有的努力爬了很多次也没爬上树后呼吸急促、大口喘气的狼狈相，生动、形象。

到了惩罚，这才不慌不忙地再次从树上滑下来。只见它用嘴巴叼住球球的脖子，再用前爪夹住它，然后转到大树干的另一侧，原来这一侧的树干有两条长长的能够用爪子抓住的裂缝。浣熊妈妈让球球抓住树干上的裂缝，然后站立起来，自己则在下面用力地推它，球球这才爬到了树上。不过浣熊妈妈并没有放过它，重重地拍打球球的屁股，教训它如此莽撞不听话。但是球球好像并没有在意自己的这次遭遇，反而对外面的世界越发向往了，它经常呆呆地往下看，眼里充满了好奇。

·我的好词好句积累卡·

悠闲　淘气　得意　忙忙碌碌　慌慌张张

响声惊动了正在悠闲晒太阳的其他小浣熊们，它们可从来也没有想过会发生眼前的情景，都被吓坏了，尖声惊叫着。

第三章　树下的第一次捕食行动

不过，球球并没有等待多长时间，在树上无聊地度过两个星期之后，浣熊妈妈很快就主动带孩子们到树下去增长见识了。那天是个月圆的好天气，月色下的夜晚看起来非常静谧，甚至可以看见十几米之外的事物的影子，这是浣熊妈妈特意挑选的夜晚，大浣熊在黑暗中也是可以自由活动、轻松捕到食物的，但是要教小浣熊捕猎，必须得光亮够用才能教得好。白天呢，是可以看得很清楚，但是太危险，只有在洒满月光的夜晚才最合适。

不过，浣熊爸爸还是很警惕，只见它先从树上爬下去，它要先侦查一下附近的环境是否安全。前后左右查看了一番，确定没有危险后，它发出了信号，很轻地低叫了一声。于是小浣熊们在妈妈的带领下高兴地开始往下爬。它们学着妈妈的样子，把爪子放在光滑树干上的那两条裂缝上，然后慢慢地滑下来。

第一次来到树下面的世界，小浣熊们对一切都很好奇，觉得每一样东西都是那么新鲜有趣，无论碰到什么都会伸出爪子小心地碰一碰，或者试探性地摸一摸，胆子大的会拿起来放在鼻子底下闻一闻。枯树叶啊，杂草啊，小石头啊什么的，它们对这些都感觉到很惊奇。引起它们极大兴趣的是水，水面波光粼粼，看似可以摸得着，但是用爪子一碰，却什么也抓不到，都从指缝间溜走了，真是太不可思议了，它们兴奋地在水面上拍拍打打。很快，它们又发现了新的有趣的玩法，就是几个小家伙绕着几棵大树，转着圈地互相追逐着打闹，欢叫着一会儿又滚进了地面的小窟窿里面，玩得兴致勃勃，不亦乐乎。

动作描写：使用一连串的动词“碰”“摸”“闻”，表现了小浣熊们初到树下的世界后，对一切充满好奇的可爱样子。

不过，浣熊妈妈可不是让它们来玩耍的，它很快就把孩子们组织到一起，开始教它们如何捕获到食物。浣熊妈妈蹲在沼泽边做起了示范，只见它把两只前爪都放进了水里，来回不停地搅动着，触摸着，两只眼睛一边盯着爪子下面，看看是否捕到了食物，一边还警惕地注视着远方的森林，它得时刻提防着敌人，以保证孩子们的安全。不过，这并没有妨碍它很快地抓到食物，一会儿它的爪子里就像变戏法一样，螃蟹啊、鱼啊、青蛙啊，就抓了一大把。小浣熊们很佩服妈妈，兴奋地看着，忍不住也一本正经地学了起来。它们很乖巧地在水边一字排开，也把两只前爪伸到水里，在柔软的泥土中不停地来回搅动。有些着急的小家伙，甚至不耐烦地用爪子抓啊抓，有的抓

成语：“一本正经”形容态度严肃庄重。这充分描写了小浣熊们虽然平时淘气顽皮，但是对生存的一些基本技能仍然很认真地去学习的样子。

到了植物的根，有的还抓到了石头，不过最后它们都抓到了软软的、还不停乱动的东西，那就是它们美味的夜宵了。

光抓到食物是不够的，还应该知道怎样正确地吃下去才行。但是小浣熊们抓到食物之后很兴奋，迫不及待地就送到了嘴里，它们还没有意识到它们的爪子里还有大把的泥沙呢。尤其是球球，它抓到一把蝌蚪，连忙就塞进了嘴里，结果当然是吃进了沙子，只听它的牙被咯得“咯嘣”一声，疼得它急忙把沙子连同蝌蚪一起吐了出来。经过这次教训后，它学聪明了，再也不敢自作主张，而是先观察妈妈是怎样做的，然后再行动。只见浣熊妈妈先把东西放在水里洗干净了，只剩下干净的食物时才放进嘴里。小浣熊们很快就学会了，马上都把新捉到的食物放进水里洗洗然后放进了嘴里，真是美味啊。其中调皮的球球是学得最快的，其他的小家伙有些胆小，因此没有球球进步得快，不过最后所有的小浣熊们都学会了在水中捕捉食物，因为这太有趣了。

正当它们兴致勃勃地还在接着练习的时候，却听到了浣熊爸爸低沉的叫声，那是它发出的危险信号，意思是：“危险，快点儿回去。”小浣熊们马上停止了动作，从水里急急忙忙地跑了出来。

虽然它们还不知道发生了什么可怕的事情，至少目前还没有看到什么危险，可是从爸爸不安的叫声中和妈妈慌张的神情中，它们还是感觉到了危险。它们在这种紧张的气氛中，迅速地集合在妈妈的周围。在妈妈的指挥下，它们马上排成一

形容词：“迅速”写出了小浣熊们在意识到危险时能听从妈妈的指挥，快速离开的样子。

排，很快有序地爬到了树上，回到了舒适温暖安全的家。在树洞里，它们拥挤在妈妈周围，看着紧张不安的妈妈，谁也不敢发出声音。这时，从遥远的下游传来了“汪汪汪”的狂叫声，像是来了一个极为凶狠的猛兽。浣熊妈妈仔细地听着那个声音，它在担心浣熊爸爸的安全。

浣熊爸爸还是很有经验的，过了一会儿它就回来了。不过它显得很慌张，浑身也湿漉漉的。原来那个可怕的猛兽是狡猾的猎狗，为了甩掉它，浣熊爸爸费了很大劲儿。猎狗是很善于追踪的，它依靠的是对方的足迹和气味。为了甩掉它，浣熊爸爸故意绕了一个大圈子，又从河里游了一圈，把自己的气味都消除掉了，这样，再狡猾的猎狗也不会追踪到了。猎狗中计了，在浣熊爸爸故意留下气味的地方转来转去，什么也没找到，只好走开了。浣熊爸爸和浣熊妈妈终于放心地松了一口气。

这个夜晚让小浣熊们久久不能平静，它们学到了很多东西。它们知道了怎么样在河边寻找东西吃，如何辨别可怕的猎狗的叫声，以及听到爸爸发出的危险信号时，要马上爬到树上，躲进洞里。它们懂得了树下的世界不但有食物，也有危险。但是它们对树下的世界还是充满了向往，盼望着能再次出去学习捕捉更多的猎物。

·我的好词好句积累卡·

无聊　好奇　舒适　兴致勃勃　自作主张

引起它们极大兴趣的是水，水面波光粼粼，看似可以摸得着，但是用爪子一碰，却什么也抓不到，都从指缝间溜走了，真是太不可思议了，它们兴奋地在水面上拍拍打打。

它们在这种紧张的气氛中，迅速地集合在妈妈的周围，在妈妈的指挥下，马上排成一排，很快有序地爬到了树上，回到了舒适温暖安全的家。

第四章　危险随时可能会到来

很快，第二天晚上就来临了，月色像昨晚一样好。小浣熊们觉得妈妈会带它们下去捕食的，可是浣熊妈妈好像并没有打算下去的意思，它对昨天的事情还心有余悸，而且也隐约感觉到最近似乎不太安全了。但是小家伙们却不管这些，它们还没有意识到危险是什么，只是一门儿心思地就想快点儿到树下去找吃的。特别是好动的球球，焦躁地在洞里转来转去，不停地嚷嚷着要吃的，它们也实在是饿坏了。浣熊夫妻被它们吵得有些不耐烦了，于是浣熊妈妈跑到洞上面的大树枝上，左右查看，又竖起耳朵仔细听周围的动静，感觉似乎没有什么危险，确认万无一失后，它向孩子们发出了信号。小浣熊们欢天喜地地从树上一个个地爬下来，它们跑向河边，一看到它们喜欢的河水，连饥饿都忘了。在河里玩够了，它们才开始认真地捕食。

球球第一个找到了吃的东西，这次它抓到了一只大大的青蛙，在手里抓了半天也不舍得吃下去；另外几个小家伙很羡慕球球的运气，也努力地寻找着青蛙，一会儿它们也都抓到了，兴奋得和球球一样。它们快乐地在河里一边寻找着食物，一边玩耍。调皮的球球可不满足抓几只青蛙，它总是尝试新食物。只见它很快就发现了一只特殊的青蛙。这只“青蛙”有些不同，它看上去比其他青蛙要漂亮一些，而且小小的身体上竟然还有两片门，看起来似乎硬硬的，但是在门中间的位置，却有一团很肥美的肉。球球看到这个新鲜东西，高兴得忘记向妈妈请教是什么了，立刻就抓了过去。可是那扇门眨眼间就关上了，很不幸的是，球球的爪子也同时被关了进去。球球疼得大声叫了起来，急忙向妈妈求救。浣熊妈妈立即紧张地跑了过来，可是当它弄清情况后马上就放松下来，看来浣熊妈妈早就知道怎么处理这样的事了。原来球球抓到的根本不是青蛙，而是一只河贝。它的贝壳很硬，遇到危险它就关闭贝壳保护自己。但坚硬的贝壳可不是浣熊妈妈的对手，浣熊妈妈尖利的牙齿是什么也挡不住的。很快，浣熊妈妈就把贝壳咬碎了，河贝也疼得把嘴大大地张开了，球球这才把前爪拿了出来。不过，它并没有忘记那团鲜美的肥肉，抓出肉在水里洗了一下，就放到了嘴里，真是好吃啊。

动作描写：浣熊妈妈的动作充分表现了它对孩子的极度在意，体现了深深的爱子之情。

小家伙们能吃得这么高兴，是因为浣熊爸爸一直趴在一个隆起的树根上负责任地做着安全警戒呢。只见它警惕地环顾四周，非常紧张孩子们的安全，不时发出低沉的呜呜声。而浣熊妈妈为了保障孩子们的安全，也和浣熊爸爸一样忙个不停。只见它沿着流淌的河水不停地跑动着，原来它在搅乱孩子们留在周围的气味，不给敌人留下追踪的线索，很多敌人都是靠气味寻找猎物的。浣熊妈妈根据自己的经验，总觉得危险离它们越来越近，它必须保证孩子们的安全。突然它停了下来，仔细地听了一会儿，之后紧张地冲孩子们大喊，告诉它们有危险，赶快爬回树上。小浣熊们玩得正在兴头上，谁也不想回去，特别是球球，更是磨磨蹭蹭，但是它想起上次被妈妈打了一顿，所以最终还是和其他兄弟们一块爬回了树上的洞穴里。

形容词："磨磨蹭蹭"形象生动地写出了小浣熊球球玩得兴起时，不想回家的极不情愿的样子。

就在浣熊一家都爬回洞里的时候，远处传来了一阵声音，小浣熊们从妈妈那里学来的知识，知道那是狐狸的声音，还有从洞穴附近不远的一棵树上传来的一只麻雀唧唧喳喳的叫声。小家伙们对这些声音都很熟悉，它们现在有点儿觉得妈妈太胆小了，它们都没吃饱就慌慌张张地跑回来了。可是一会儿它们就不这样想了，因为的确有别的声音传过来，声音很微弱，它们还听不太清楚，但是爸爸妈妈好像听得很清楚，并且已经知道那是什么声音了，因为它们被那个声音吓得直发抖，特别是妈妈，两只前爪紧紧地搂着孩子们，好像有什么东西要把它们夺走似的，并且一直示意孩子们不要发出声音。不一会儿，小浣熊们已经听得很清楚了，那是汪汪的叫声，并且伴有树木被折断的声音。母浣熊严肃地告诉孩子们，那是猎人牵着猎狗来寻找猎物了，这猎物就包括它们浣熊。接着又向它们讲述了自己曾经目睹过猎人和猎狗所经过的森林，那里的动物都被他们接连杀死了。小浣熊们听后也开始认真地记住这些声音。就在浣熊一家都在忐忑不安的时候，在距离浣熊家很近的地方，猎狗突然猛烈地叫了起来，它们紧张得心扑通扑通地跳，但猎人和猎狗并没有在这个地方停留片刻，原来猎狗闻到了狐狸的气味，它们便沿着另一个方向去追踪狐狸了。但浣熊爸爸和浣熊妈妈它们仍警惕地听着距离它们已经很远的猎人和猎狗的动静，直到声音全部消失了，它们这才长出了一口气。

·写一写，练一练·

请写出下面词语的反义词。

熟悉——(　　)　　　　欢天喜地——(　　)

第五章　不打不相识的朋友

自从猎人和猎狗经过以后，浣熊妈妈就更小心谨慎了，只要一听到来路不明的声音，便会禁止孩子们到树下觅食，特别是白天，有时候甚至不让它们出洞了。

小浣熊们在洞里待得实在太无聊了，开始不喜欢妈妈的主张了，认为妈妈大惊小怪，胆小怕事，特别是球球，更是急得上下乱窜，一心想下去。不过，到了晚上，妈妈会管得松些了。当然它是不会放松警惕的，妈妈总是先侦察一番。它用鼻子不停地嗅着风里传来的气息，风会把敌人或者是猎物的气息传到这边来。浣熊妈妈嗅了很长时间，又仔细侦察了周围的环境之后，才领着全家人从树上下到了地面。小家伙们兴奋得撒了欢地跑，它们打算像往常一样到河的下游去，但浣熊妈妈很快就喝止了它们的为所欲为，命令它们跟在自己的后面，原来这次妈妈带着它们一直向上游走去，而且中途还不让它们歇息一下，径直地往前走。

心理描写：形象地写出了小浣熊们对妈妈的小心谨慎的不理解，同时也将它们不谙世事的样子描绘了出来。

沿途它们有一次走到了河流旁边，河水附近有一个泥坑，根据经验判断，里面一定会有猎物的。可浣熊妈妈却不许它们停留，在前面不停地催促它们。小家伙们恋恋不舍地跟着妈妈的脚步，球球也不情愿地向前走，但是眼睛却不停地望着泥坑，果然有小猎物在里面跳跃。看得球球心里痒痒的，它想里面一定有鲜美的大虾，于是趁着妈妈不注意，球球退了几步回去，用力一扑，就从水里捞出了一只大虾，连忙放到嘴里吃了起来，因为害怕妈妈发现，连壳带肉一块吞了下去，味道还是很美味的。球球边吃边急忙跟着大队伍。又走了一会儿，一阵像是刮大风一样呜呜呜的声音传来，奇怪的是，竟然还伴有青蛙在水中跳跃的声音，这让小家伙们都兴奋起来，欢快地跟着妈妈快速向前赶去。很快，它们就来到了一个小河边，一切都清楚了。呜呜的声音是河水撞击岩石发出来的，由于力度大，弄得水花飞溅，在月光下还闪闪发光。真正吸引小浣熊们的还是大量的在水中跳跃的青蛙。它们现在又开始喜欢妈妈了，伟大的妈妈无所不知，把它们带到了这样一个美丽的狩猎场所，它们简直都被眼前的景象弄呆了。

当小浣熊们还沉浸在这些美景中时，浣熊妈妈却突然紧张起来，它发出了一声怪叫，身上的毛也竖了起来，两眼目不转睛地注视着前方。原来在它们的前面，有几只跟它们差不多大的浣熊正在水里捉青蛙吃呢，它们

动作描写：充分刻画出浣熊妈妈在突然发现威胁时那种大敌当前紧张又谨慎的样子。

的尾巴上也有黑色的环纹标记，应该是另一个家族的浣熊。浣熊爸爸赶紧跑到它们的面前，想把它们赶走。原来在动物界，动物们都会在自己的领地留下身上的气味作为记号，有了这个记号，其他的家族一般就不会再来光顾了。现在引起争执的这片领地，以前球球的家族曾经在此做过记号的，但自从做了记号以后，球球的家族就很少光顾这里了。所以，过了这么长时间，以前留下的气味现在已经变得很淡了。而对方那个家族呢，它们发现这个地方的时候虽然没有球球的家族早，但它们一直是在这里猎食的，所以也在这里留下了气味，而且，现在它们的气味还特别浓烈。那么怎么解决这种争执呢？特别是双方都认为地盘是自己的，认为自己是正义的一方的时候，那就只有通过武力解决了，看来双方之间的一场大战是避免不了的了。对森林里的动物们来说，守住地盘是非常重要的，因为守住地盘就意味着能觅到食物，能生存下去。

浣熊爸爸可不会冲这几个小家伙动手的，它知道另一只浣熊爸爸很快就会现身的。果然看到这个场面，另一只浣熊爸爸不知从什么地方突然冒了出来，看来它也是经常负责警戒孩子们的安全和护卫地盘的。两只浣熊爸爸都低声怒吼着，气氛格外紧张。但它们为了孩子们似乎又都很勇敢，看样子两个爸爸对这块食物丰富的地盘都志在必得，并且都认为自己能赢，都认为自己是正义的一方。球球的爸爸

成语："志在必得"形象地写出了两位浣熊爸爸都有信心一定能把对方赶出这块地盘的心理。

为了在气势上压倒对方，同时也为了让自己看上去更高大更强壮一些，努力地挺高身体，浑身的毛也都竖了起来。另一只浣熊爸爸也不甘示弱，不时地发出威胁的声音。双方的小不点儿们都赶紧跑到各自妈妈的身边，害怕地注视着眼前的一切，谁也顾不得去抢东西吃了。只见两只浣熊爸爸同时走出家族的队伍，气势汹汹地向对方走去，一场大战一触即发。它们马上拉开了格斗的架势，先是来回绕着圈儿跑着，眼睛却观察着对方，寻找对方的破绽，随后同时猛地向对方扑去，互相扭打在一起，并不时撕咬着。双方的小浣熊都跟在妈妈身边大声呐喊着，为自己的父亲助威。两只浣熊爸爸扭打得更起劲儿了。但一个回合下来，双方在实力上旗鼓相当，不分胜负。但很明显，这耗费了它们不少体力，双方都气喘吁吁的。但是，为了保护地盘，是一定要分出胜负的。所以短暂的休息之后，它们又再次向对方冲去。但意想不到的一幕出现了，由于用力过猛，没有把握好平衡，双方同时向河里冲去，只听扑通一声都栽进了河里。夜晚的河水还是很冷的，冷到让两只浣熊爸爸的头脑都冷静了下来。

场面描写：通过两位浣熊爸爸互相扭打的动作和双方家族成员的呐喊助威，生动地描写出了一场激烈的打斗场面。

于是等到它们分别爬上岸的时候，就没有了争斗的情绪。它们想起来它们的目的，是让孩子们今晚能找到吃的东西，并且安全地回到家里。于是接下来它们各自回到了自己的家族，然后告诉孩子们在什么区域寻找食物，这样两个家族分开了一段距离，分头寻找可吃的东西。虽然浣熊爸爸们偶尔还会低吼一声，但是已经温和了很多。不管怎么样，它们还是在同一个地方和平共处了。后来它们两家还成为了朋友呢。

·我的好词好句积累卡·

跳跃　大惊小怪　目不转睛　气喘吁吁

鸣鸣的声音是河水撞击岩石发出来的，由于力度大，弄得水花飞溅，在月光下还闪闪发光。

它们马上拉开了格斗的架势，先是来回绕着圈儿跑着，眼睛却观察着对方，寻找对方的破绽，随后同时猛地向对方扑去，互相扭打在一起，并不时撕咬着。

第六章　球球成了比多家的一员

我们还是把目光集中到我们故事的主人公球球身上吧，以后的事情都是围绕球球而发生的。球球一直是个不安分的家伙，胆子大，总是很有主意。在浣熊爸爸跟另外一只公浣熊格斗的那天，球球抓了很多大虾和青蛙，吃得饱饱的。所以它自以为可以独立了，开始得意忘形起来。它越来越不听妈妈的话了。认为妈妈唠唠叨叨，把危险描绘得好像随时都有可能发生一样，可是这么长时间了，连敌人的影子也没有看到，只是听到了几声猎狗的叫声。而且它越发叛逆，每当妈妈要带它们到河下游去的时候，它全当耳旁风，偏偏往河的上游走；而当妈妈提醒它不要在石头上留下自己的气味时，它也不以为然。

形容词："叛逆"一词准确地体现了球球"越是不让它做的事，它就越要去做"的逆反心理。

这一天，浣熊妈妈要带它们到河下游去捕食，因为母浣熊觉得它们在上游最近活动得过于频繁，容易给敌人留下气味和线索。可球球这时脑袋里想的全是吃的，完全忘记了危险，它仍然念念不忘自己以前抓到大虾吃的那条小河，所以根本就不理妈妈的警告，自顾自地向河上游走去。妈妈使劲地喊它，它全当没听见，妈妈这时忙着照顾其他的孩子们，心想球球不会走远，一会儿就会回来的，就没有再喊它。浣熊妈妈不知道球球的胆子大得已经超出了它的想象，等它意识到情况不妙的时候，球球已经离它很远很远了，根本看不见它的影子了。它也没想到，这一别竟是几年的时间。

就这样，球球毫无顾忌地向那条小河沟出发。途中它还在上次捉到大虾吃的那个泥坑里又捕到了两条小鱼，这让它更兴奋了，小脑袋里一直想着美味的大虾，不知不觉地离妈妈越来越远，径直来到了两个家族曾经打架的地方。在这里，球球即使满脑袋想的都是吃的，但是动物的本能还是让它嗅到了某种危险，从妈妈那里学来的一点儿知识告诉它，空气里有一种很不妙的气味，这种气味曾经让爸爸妈妈惊恐不安，那就是人的气味。

球球的感觉还是非常灵敏的，的确是有人的气味，印第安人皮特刚刚来过。他是一个专靠捕获猎物、贩卖动物的毛皮为生的人，并且已经有很多年了，对动物的习性非常了解。最近他发现河边的沙地附近到处都是浣熊的脚印，便布置了一些捕猎工具，特别是在河里布置了一个夹子，决定碰碰运气。根据他的经验，这么多的浣熊脚印，说明是一个家族留下的，这样的浣熊在白天是不会单独行动的，等过了晚上，第二天的白天再来看看有什么收获，于是他布置完工具就走了。球球嗅到了气味，心里不免也有些紧张，于是它开始小心地查看了一下周围的环境，确定没什么危险，侥幸地认为不会发生什么坏事，就开始满不在乎地寻找食物了。它像往常一样，把前爪放进了水中，在泥里不停地来回搅动着，期望能找到些什么美味。可是，只听“咔嗒”一声，它的两只前爪被什么东西给紧紧夹住了，疼得它急忙拿出来看个究竟，它开始还以为是贝壳什么的夹住的，万万没想到那是一个夹子，皮特精心布置的捕猎工具。

心理描写：真实地反映出球球一直在妈妈的呵护下成长，也从侧面反映了浣熊妈妈对孩子的爱。

“呜呜呜…”球球大声呼喊着，求救着，它第一时间想到了妈妈，期望妈妈能像以前一样听到自己的声音，会像以前一样及时出现帮助自己。可是它忘记了自己已经走出很远了，妈妈此时正在很远的河下游呢，怎么可能听到它求救的声音呢。球球马上就后悔自己没有听妈妈的话，痛恨自己刚才的粗心大意。妈妈不会出现了，球球开始想别的办法取下夹住了前爪的夹子，它用嘴啃，用后脚蹬，在石头上砸，但是无论如何都取不下来。它想就这样带着夹子逃走吧，能跑多远就跑多远，可皮特可是个狡猾的猎人，夹子的另一端牢牢地被铁链给固定着，它没法移动。这样到了晚上，浣熊妈妈也没有出现，看来妈妈是找不到它了。这个夜里，球球不断地发出求救声，并且低低地哭泣着。等到天亮的时候，它已经筋疲力尽，喉咙沙哑得再也喊不出声音来了。

当皮特看到它的时候，也非常吃惊，因为他原本没有想到这么快就捕到浣熊，他以为今天如果运气好的话，能捕到一些麝香鼠什么的。捕到浣熊让他喜出望外。

成语：“喜出望外”充分表现了猎人皮特在根本没有想到的情况下捕捉到球球时异常高兴的样子。

当他把有气无力的小浣熊从铁夹子上取下来的时候，球球已经几乎动不了了，它的前爪已经麻木了，而且又惊又饿，只剩下一口气了。皮特放心地把球球塞进了袋子里，它已经根本就跑不了了。在回家的途中，他从比多家的门前经过，于是，他就炫耀地让比多的两个孩子看他刚捕猎到的小浣熊。比多的大女儿很喜欢这只小浣熊，对它很感兴趣，小心翼翼地一直抱着球球。球球因为受了一夜的冻和惊吓，身体缩成了一团。现在有人呵护地抱着它、温暖着它，它便慢慢缓过来了，开始调皮地转着两只小眼睛好奇地看着眼前的这个善良的小女孩儿。球球可爱的模样，让比多的女儿更喜欢球球了，她央求爸爸把球球从皮特的手里买过来。爸爸看女儿这么喜欢，答应了，于是球球就成了比多家的一员。经过比多一家的悉心照顾，过了两三天，它的身体已经恢复得差不多了。由于它的样子毛茸茸的，特别可爱，所以大家就给它取名叫“球球”。球球的名字就是从这时起被大家叫起来的。

·写一写，练一练·

请写出下面词语的近义词。

毫无顾忌——（　　）　　　　善良——（　　）

第七章　球球接二连三闯祸

从球球进入比多家的第一天开始，它的新生活就拉开了序幕。比多的家人很善良，以往就很喜欢小动物，而球球又是如此可爱，因此，它们都把球球当做他们的家庭成员来看待，像对待一个小孩子一样关心着它，宠爱着它。球球和家里的其他小孩子们一起快乐地玩耍、长大。它的新生活充满了温暖。所以，它也不再吃青蛙和小鱼什么的了，同家里的小孩子一样一起吃面包、喝牛奶。小孩子们很耐心地教球球怎样喝牛奶，他们已经教会了家里的小猫。但是球球却笨手笨脚的，怎么也学不会。它总是习惯性地像平时捕猎时一样，把前爪伸进装牛奶的杯子里，把面包泡在里面，像以前把带泥的小螃蟹放在水里洗洗一样，来回晃动几下，然后再捞出来放进嘴里吃。可是由于它的爪子太大，每次都把装牛奶的杯子弄倒，牛奶流得到处都是，可它的脸上露出的却全是无辜的表情。“瞧，它多可爱啊！不要和它计较了吧！”孩子们总是这样说着，很轻

动作描写：通过对球球吃食时的一系列可笑的动作描写，充分表现了它的笨拙可爱的样子。

易地就原谅了它。

球球很快就和农场里的其他动物相处得很融洽了，特别值得一提的是它和脾气很不好的大狗鲁伊居然也成了朋友。刚开始的时候，鲁伊看见这个陌生的动物会发威似的“汪汪汪”地叫，球球看它凶恶的样子，每次都躲得远远的。孩子们怕小球球遭到鲁伊的欺负，也尽量避免让它们单独在一起。可是过了一段时间，很会讨乖巧的球球不知怎么就和鲁伊玩到一起了。可能是两个仇家互相已经熟悉了，消除了芥蒂，或者是聪明的鲁伊看到小孩子们都那么喜欢球球，它也不想自讨没趣了。于是再也看不到鲁伊像先前那样朝球球狂叫了；而球球呢，也适时地抓住机会，向鲁伊不断地示好。这样过了两个星期，它们就成了好朋友。中午睡觉的时候，有时还会看见球球把脸贴在鲁伊那长满长毛的柔软的胸前，舒服地晒着太阳呢。

球球很快就适应了在比多家的生活，它每天都生活得很快乐。而它好像天生就会讨人喜欢似的，每次做错事的时候，它会不时地扮着鬼脸，由于球球的长相有点儿像小猫，又有点儿像猴子，所以每次扮鬼脸撒娇都会把孩子们逗得开心大笑，当然也就几乎每次都可逃脱惩罚了。而女孩子们对球球更是疼爱有加，经常会从衣兜里翻出好吃的东西给球球，所以球球一看见她们，就欢快地用爪子蹬着往她们身上爬，顺便看看她们兜里还有没有什么好吃的。而女孩子们即使衣服被球球的爪子弄脏了也毫不生气，还会对机灵的球球大加赞赏呢。球球在这样受宠爱的环境中成长，天生的好动完全展现出来了。在农场里，如果连续几个小时见不到球球，那准是它又闯祸了。

有一次，球球悄悄溜进了仓房，它记得以前见到过比多夫人在这里拿出来过好吃的果酱。对吃的东西，球球的记忆力总是很好。没费多大工夫，它就在架子上找到了装有果酱的罐子。它高兴坏了，把爪子逐个儿地伸进果酱罐里面，胡乱地搅和着，然后再把李子果酱、苹果酱什么的依次从罐子里抓出来吃，吃得浑身都是，它的身上、脸上、爪子上，甚至是架子上、地板上、墙壁上，到处都被果酱粘得黏糊糊的，仓房里一片狼藉。如果不仔细看的话，现在谁也认不出来球球是只什么动物了，只能猜测那是只淘气的贪吃的小家伙。正当球球吃得不亦乐乎的时候，恰好比多夫人走进来拿东西，球球知道自己闯祸了，就故作欢快地向她跑过去，它以为撒撒娇就可以得到原谅，没想到却挨了夫人的一顿大骂。那可是比多夫人费了很多工夫为全家做的一年的果酱，这回让球球给糟蹋得都不能吃了，她能不生气吗？

场面描写：通过对小浣熊球球在仓房里肆无忌惮地偷吃果酱情形的描写，展现了“灾害”现场“惨不忍睹”的场面。

还有一次，球球把比多先生惹生气了。比多先生家里养了很多供下蛋的母鸡，比多先生经常会数数鸡窝里的鸡蛋，以便确定什么时候凑够数好拿到集市上去卖。那天，比多先生数了一下一共有13只，他想明天再攒一些就可以拿到集市上去卖了。第二天，整个一天全家人也没有见到球球的影子，连吃饭它也没有回来，它又失踪了。到了晚上大家都很着急，喊着它的名字到处找它，以往只要听见有人喊它的名字，球球就会很快地从什么地方飞奔回来的，可是这次喊了很久也没有见到它的影子。还是耳朵灵敏的鲁伊听到了鸡窝里传来球球细微的声音。大家急忙跑过去一看，只见球球的肚子鼓得大大的，仰卧在鸡窝里，身边还散落着一些鸡蛋壳，原来它把鸡蛋全吃进肚子里了。鲁伊原本为找到好朋友还很高兴，可是一看到这个情景，它有些进退两难了。因为看守鸡蛋本来是鲁伊的责任，只要有它在，无论是森林里狡猾的狐狸还是强壮的浣熊都休想进到鸡舍里。可是这次吃掉鸡蛋的偏偏是浣熊球球，它不知道是应该维护朋友还是应该无私地履行自己的职责，所以最后它只好装糊涂偷偷走开了。但是比多先生却很生气，球球这次实在是太过分了，他这时已经不把球球当做一个可爱的宠物，而是当做一只贪吃的浣熊了。

神态描写：通过对球球的肚子和仰卧在鸡窝里的神态的描写，传神地刻画出了一只贪吃的浣熊的模样。

对于球球的这些捣蛋行为，比多先生是一忍再忍，因为他的孩子们喜欢它，所以他也就只好忍气吞声了。直到有一次又发生了一件事，彻底把比多先生激怒了。

有一天，全家人都不在。孩子们上学去了，大人们也都有事出去了，家里只剩下了球球。它自己待着实在无聊，就四处转悠着看看能不能发现什么有趣的事情做。它先是在房间里漫无目的地乱转，转着转着，就转到了写字台旁边。台子上摆放着的一个墨水瓶吸引了它的注意，它一向都对罐子装着的东西很感兴趣。它兴高采烈地爬上桌子，把墨水瓶的瓶盖很轻松地就打开了。墨水瓶受到晃动，就洒出来一些，球球一看很高兴，里面果然有东西，于是它习惯性地把两只前爪放进墨水瓶里搅动起来，就像以前在小河边搅动河水一样，这让它感觉很快乐，像回到了小河边一样。等它搅动够了的时候，把前爪拿出来无意间放到桌子旁边的纸上，这时它又发现了一件很神奇的事情，纸上竟然印出了它的小脚印。这一发现让它惊喜不已，于是它到处走到处踩，在所经过的地方都留下了它的小脚印。就像以前在河边的时候，在河边的沙滩上到处踩着玩一样。爪子干了的时候，就到墨水瓶里把爪子弄湿，然后继续踩着玩。屋子里实在没什么地方可以踩的了，于是它把目光盯在了孩子们的课本上，还有墙上漂亮的壁纸，干净的窗帘，还有女孩子们喜欢的连衣裙。之后又走进卧室，爬上床，在雪白的床单上踩呀踩，在家里每个地方都留下了它的小脚印，那样子好像有个浣熊旅游团来参观一样。

动作描写：小浣熊球球搅动墨水的动作，充分体现出它以往在河边捕食的样子。

不久，外出的一家人都回来了，他们完全被眼前乱糟糟的景象给惊呆了。到处都是球球的脚印，从书房到卧室，一片狼藉。更糟糕的是，墨水浸过的东西，基本是很难清理回原来的样子的。大家都被球球的行为气得大叫起来，连一向维护球球的孩成语:“火冒三丈”极为准确地表达了女主人对球球行为极为恼火的样子。

子们这时也生起气来。比多夫人更是火冒三丈，她平时是一个特别爱干净的女人，把家里打扫得总是干干净净、一尘不染的，可是现在连洁白的床单都快变成了抹布，这让她伤心不已，气得眼泪都流出来了。而闯下大祸的球球却丝毫没有意识到发生的事情对它来说有多么糟糕，它还得意地伸出自己的前爪，炫耀般地给全家人看呢。

比多先生终于下定决心把球球送走了，他无法再忍受一只无法无天的浣熊了。孩子们虽然很喜欢球球，但看到自己的书本和衣服都被球球给弄坏了，而且爸爸妈妈还在盛怒之中，所以谁也没有去阻拦。比多先生随即便叫来了猎人皮特，要他立刻把球球带走，甚至没有向他要一分钱。当初可是向他花钱买来的，可见比多先生现在有多么希望球球马上消失。皮特很高兴做这件事情，他把球球再次装进了衣兜里，带走了。球球从心里恐惧这个印第安人，就是他把它抓走，离开了它的爸爸妈妈和兄弟们，现在他又把它带走，离开了它喜欢的比多一家，还有比多的农场和大狗鲁伊。但是它毫无办法，只能无奈地呜呜叫几声，它知道这回没有人再为它说话、来救它了，它又像上次被抓走一样后悔起来，但是一切都晚了。大狗鲁伊看到它的朋友被抓走了，对这些事情感到迷惑不解，只能盯着皮特走出去的方向，很无奈地叫上几声。

·写一写，练一练·

1）给下列词语中加点的字注音。

炫耀（　　）　　　　无辜（　　）

2）照样子写词语。

干干净净 ——（　　）　　黏糊糊 ——（　　）

第八章　球球意外逃脱了魔掌

夏天马上就要过去了，秋天和随即到来的冬天正是狩猎的最佳时节。所以对猎人皮特来说，球球回来得正是时候，他正打算在这两个时节训练猎狗捕猎浣熊呢，球球恰好成了最好的活目标。为此他还特意新买回来一只浑身黄色的猎狗。他的训练计划正式开始了。

皮特把球球圈在了马棚里，接着他把那只用铁链拴着的大黄狗也带了进来。大黄狗一看到球球，便汪汪地大叫着，向球球猛扑过来，还把拴它的铁链子弄得“哗啦哗啦”作响。大黄狗的脾气可是出了名的火爆，不然皮特也不会花大价钱去买它来训练，它的反应令皮特很满意。然而一直都在呵护中成长的球球却吓坏了，它很迷惑，为什么同样是人类，比多家的人对它都那么亲切和善，而眼前的这个印第安人却这么残暴；比多家的狗鲁伊那么友好，而这只大黄狗却这么凶恶可怕。

接下来的日子里，大黄狗每次见到它都会猛扑过来，而球球呢，经常会躲开。因为皮特的眼睛盯着呢，球球知道冲上去战斗也讨不到便宜。但是大黄狗总是被皮特拉来挑衅，球球有时实在是被逼急了，就横下心来去战斗，像拼了命一样。时间长了，互有胜负。大黄狗有时候就会咬住球球的脖子不放，偶尔，球球也会在大黄狗的腿上狠狠咬上一口，皮特在大黄狗被咬的时候，就会跑出来把它拉走，球球的爆发力和勇敢让他有时也感到很惊讶。皮特不断地加强对大黄狗的训练，大黄狗和球球也咬得越来越凶，这正是皮特想要的。现在大黄狗已经很熟悉球球的味道了，这就等于熟悉整个浣熊动物家族的味道了，大黄狗朝着皮特制定的目标不断前进着。

皮特现在已经基本满意大黄狗的表现，于是，在一个天气很凉爽的夜晚，皮特把球球装进袋子里，带上了他的猎枪，领着大黄狗来到了森林里。它计划先把球球放开，让它跑开一段距离，然后再放开大黄狗去追逐球球。通过这样的训练，一般猎狗就会循着猎物留下的脚印或者是气味抓到猎物的，而对经常和浣熊球球打交道的大黄狗来说，应该就会循着球球留下的气味很快找到它的。皮特在训练方面是很有经验的猎人，他对大黄狗很快抓到球球胸有成竹。所以他一来到森林里，就把他的猎狗拴在了树上，拴好后，便来到了一个猎狗看不见的地方，解开袋子把球球放了出来。球球刚开始还有些迷迷糊糊的，在袋子里被困得太久了，不过它马上就意识到自己又回到了森林里，心里开始有些激动起来，好久都没有回来过了。它想再仔细观察一下周围，一抬头，就看到了讨厌的皮特，它毫不犹豫地就对着这个狠心的猎人猛

动作描写：一见到皮特就毫不犹豫地猛扑上去，这样的动作描写充分表达了球球对皮特恨之入骨的心理。

扑上去。皮特经常见它和大黄狗搏斗，知道它的厉害，所以马上就闪到了一边。球球发现逃跑的机会来了，便急忙向森林深处跑去。

球球用尽全身的力气使劲地向前奔跑着，它还从没有像这样卖力地奔跑过呢。它明白，这可能是它最后一次获得自由的机会了，于是转瞬间它便消失在茂密的森林里了。而那只大黄狗呢，看到皮特拿回来的是一个空袋子，知道球球已经跑远了，于是着急地想去追，但是身上还拴着绳子呢，所以干着急也没办法，只能汪汪大叫着让皮特解开绳子。

皮特开始解绳子了，起初他还不紧不慢的，以为会很快解开，大黄狗会像他预想的那样朝着球球逃跑的方向很快地追去。可是他忽略了大黄狗是一个急性子，甚至不太好控制，还没等绳子解开呢，它就开始上山蹿下跳，弄得皮特无法顺利地解绳子，有时顺利摸到打结的地方刚要解开，大黄狗使劲一拉扯，反而使绳结更紧了，这样他们就耗费了一些时间。皮特气坏了，真想把大黄狗猛揍一顿，大黄狗的脾气也不好，皮特也不太敢惹它。这样折腾了好长时间，皮特才把他的猎狗喝住，摘下猎狗脖子上的锁链，放开了它。

经过这么一拖延，球球的身影早就消失在茂密的森林里了，大黄狗想要找到球球得费一番工夫了。它在森林里跑跑停停地嗅来嗅去，过了一会儿，它终于发现了浣熊球球的脚印，于是邀功似的朝着皮特大声吼叫着

> 动作描写：邀功似的大声“吼叫”，形象地描绘出了猎狗发现猎物时的样子，也塑造出猎狗对主人皮特谄媚的形象。

禀报情况，并顺着脚印追了出去。皮特也有些兴奋了，一切都向他设想的方向发展，他也急忙跟着猎狗后面追了过去。猎狗毕竟是追踪的专业能手，跑得很快，皮特有时甚至跟不上它，这时他就会把猎狗叫回来，重新出发。皮特一边忙着追踪，一边还打着自己的如意算盘：猎狗马上就可以找到球球藏身的树木，然后他开枪把球球从树上打下来，猎狗就会扑上去把浣熊给咬死，这样训练目标就全部完成了，猎狗就完全掌握捕猎浣熊的方法了；这样，秋天和冬天的两个季节就可以利用猎狗捕捉到很多浣熊，弄到很多皮毛，再拿到集市去卖上很高的价钱……但事情却没有像他想象的那样发展。

球球此时正在森林里拼命地奔逃着，刚才皮特没能及时地解开猎狗的绳子给它创造了逃跑的时间和机会。现在，它已经很长时间没有听到猎狗的叫声了，它确信自己已经逃出很远了，但它知道猎狗顺着脚印和气味很快就会追上的，它必须在皮特和猎狗到来之前找一个安全的地方躲避，它想到了小时候每当遇到危险的时候，妈妈就会呼唤它们到高高大树上的树洞里躲藏。于是球球开始停下来看看周围有没有很高的大树，以便找到合适的树洞。这片茂密的森林里，找大树还是很容易的，随处都有几十米高的大树。球球很快就找到了带有树洞的大树，它很快就爬上去了，从小练就的爬上爬下的本领它一点儿也没有忘记，这个时候全都用上了。等皮特和猎狗找到它的时候，球球已经在树洞里舒服地休息有一段时间了。猎狗在球球爬上去的高树底下吼叫着，它在告诉皮特球球就在这棵树上面。但是皮特却有些沮丧了，这棵树太高了，连他这个爬树的高手也爬不上去，而他身边只有猎枪，但是子弹根本就打不进洞里，他在懊悔怎么不带把斧头来，可是他出发前可没有想到会发生这样的事情。皮特和猎狗在树下绕来绕去地转了好长时间，他们用了很多方法诱使球球出来，敲树干啊，躲起来啊，假装离去啊，但是球球现在已经很聪明了，它躲在树洞里一动也不动，甚至连脑袋也没有伸出来一下，儿时妈妈教它的不许动、不许发出任何声音，现在全都派上了用场。天已经黑透了，看来这只浣熊在他们走之前是不会出来了，皮特终于死心了，他失落地离开了那棵大树，领着猎狗回家了。直到这时，球球才算真正安全了。

·我的好词好句积累卡·

折腾　沮丧　不紧不慢　清清楚楚　毫不犹豫

它很迷惑，为什么同样是人类，比多家的人对它都那么亲切和善，而眼前的这个印第安人却这么残暴；比多家的狗鲁伊那么友好，而这只大黄狗却这么凶恶可怕。

第九章　重回吉尔达河边

球球就这样一直躲在树洞中，一直紧张地听着外面的动静，它听到了猎人和猎狗离去的声音，但也不敢轻举妄动，一面在上面休息，一面仍然注意外面的声音。这样又过了很长时间，确信他们彻底离开很远的时候，球球才开始长舒了一口气。在树洞里，球球开始思念故乡的森林与河流了，在美丽的吉尔达河边，球球无忧无虑地度过了童年的快乐时光。有妈妈的保护，它一点儿都不害怕，有兄弟姐妹的陪伴，它一直都很快乐。想到这些，球球越发思念故乡了，更坚定了它回到故乡的想法。终于挨到了深夜，树林里一片漆黑，除了风声，周围一点儿动静都没有。球球从躲藏的洞里试探着把头伸出来，环顾四周，闻着风带给它的气息，倾听着草丛中的动静。经历了这么多，甚至有了险些被猎人杀掉的危险经验，球球已经知道怎么样保护自己了，要想生存就必须学会谨慎行事。现在它的举动跟爸爸妈妈的举动一模一样——它已经完全长大了。确认没有任何危险后，它从树上滑到了地面，简单辨别了一下方向后，开始在无边无际的森林里拼命地奔跑起来。它的目的地是吉尔达河边——它的出生地，它魂牵梦萦的故乡。那里有它的爸爸妈妈和兄弟姐妹，它正在向它们奔去。终于，它的愿望实现了，在美丽的吉达尔河边它见到了亲人们。爸爸妈妈竟然还在那里等着它，好像知道它终有一天会回来一样。它们彼此用鼻子嗅着对方，一下子就互相认了出来。它和兄弟姐妹们都长大了，样子变了，但彼此的气味却没有变。它们欣喜地拥抱在一起。虽然它曾同人类一起生活过，还同狗交过朋友，甚至还差点儿被猎人和猎狗杀死了，但是一切都过去了。从这些经历中，球球已经完全历练成一只勇敢机敏的浣熊了，它真正的生活从此开始了。

形容词："欣喜"简洁恰切地写出了球球和家人历经两年之久终于团聚的欢喜、高兴、开心的样子，写出了浣熊一家的喜悦之情。

即使是现在，在吉尔达河畔，仍有很多浣熊的子孙在这里生活。这些浣熊里，也应该有很多是球球的后代吧！

·写一写，练一练·

1）请写出下面词语的近义词。

思念——（　　）　　　　谨慎——（　　）

2）用下列词造句。

一模一样——

魂牵梦萦——

卡伦坡狼王

第一章　卡伦坡远近闻名的部落

卡伦坡是新墨西哥州北部的一片大草原。草原是牧人的家乡、牛羊的世界。这里当然也不例外。这片大草原幅员辽阔，牧草丰盛，风景宜人。站在草原的高处眺望，那如毡的牧草儿一直铺到视线不可企及的天边，在那草天交汇之际，画出一条条优美的弧线。和风吹过，草浪动荡起伏，在牧草低下去的地方，肥壮的牛羊便会闪现出来。黄的牛，白的羊，东一堆，西一群，忽隐忽现。当然，点缀草原的绝不止是牛羊，还有那一个个披着牧草的高低起伏的丘陵，犹如牧人的毡房一样，散落在牧草蓝天之间。有生命的地方自然离不开水源，卡伦坡草原上大大小小的溪流随处可见，溪水或欢腾着，或潺潺着，或汩汩着，最后都唱着歌儿奔入一个怀抱——卡伦坡河。

按说，这样水源充足、牧草丰茂的美丽大草原，应该是牧人最美的家乡，他们应该过着最舒适、最幸福的生活吧？可事实并不是这样。

卡伦坡河附近有一个异乎寻常的部落，这是一个远近闻名，成语："寝食难安"形象地写出了狼群对牧人造成的极大麻烦，以及人们因为没有足够好的办法对付它们，吃不好、睡不稳的状态。

甚至让卡伦坡草原上的所有牧人寝食难安的部落。部落的首领是一只又高又大的凶悍的灰狼，人们称它为狼王珞巴。珞巴不但体型比其他灰狼大许多，而且它的智谋和狡诈也不是别的狼可以相提并论的。即使是它的嚎叫声，也非常与众不同。这里的牧人，很轻易地就能从狼群的嚎叫声中分辨出珞巴的声音。一只普通的狼嚎叫大半夜，人们最多只会相互提醒一下而已。可一旦狼王珞巴那低沉威严的嚎叫声响起，牧场里所有的牛羊都会胆战心惊，慌乱无措。牧人们也会提心吊胆，坐立不安。因为他们知道，自己的牲畜多半又要遭殃了。可是，有什么办法呢？这么多年来，珞巴带领的狼群一直称霸这片草原，它的威力一直笼罩着整个牧区。牧人们对它痛恨至极，可是又毫无办法。

按理说，这样一位威震四方的部落首领，应该会有很多的部下吧？但出人意料的是，珞巴的部下并不多，仅有五名成员，而且一直也没有其他的野狼再加入。这多少有点儿让我感到不可思议。也许，这样的部落规模让珞巴觉得正合适，它的权力欲望已经得到了满足；也许，它只想带一些精兵强将，不肯接受那些它认为不成器的部下，以保证部落的威名；也许，它那残暴的脾气和凶残的性情根本无法让那些慕名想加入的野狼靠近，最终望而却步了。不管怎样，珞巴一直领着它的五个部下，纵横草原，为所欲为。

它的部下虽然不多，但每只也都是赫赫有名的。每一只的个头儿都比一般的狼大很多，特别是那只副首领，可谓是名副其实的“大将”，身强体壮，行动迅捷异常。虽然比狼王珞巴逊色不少，但也确实是少见的“悍将”。第三只是狼群里的一只黄狼，它体型虽然没有两位首领个头儿大，但动作轻灵，善于追踪，捕猎的本领一流，曾经无数次在狼群捕捉羚羊时立下汗马功劳。第四只是只白眼狼，这家伙非常奸诈，它没有庞大的体型，也不擅长奔跑，但却是草原上危害最大的一只，夜半偷袭，在牛羊群中疯狂滥杀的一定有它。除了这几只公狼之外，狼群里还有一只特殊的野狼，它是体型最小，也是最漂亮的一只。它叫布兰卡，是狼王珞巴的妻子。

在人们的印象当中，野狼只有在饥饿难挨而又实在找不到食物的时候，才会到人们的居住地来猎取牲畜。但这显然不适用于珞巴狼群部落。它们个个膘肥体壮，从来不愁吃喝，富饶的草原养育了无数的动物，也就给了这群强盗取之不尽、用之不竭的食物之源。它们不但肆无忌惮地掠取牧人们精心饲养的牛羊，而且口味极高，对食物特别挑剔。那些老弱病残的牛羊，它们从不正眼看一眼，甚至牧人们刚刚宰杀的新鲜牲畜，它们也决不去动它一下。它们挑选的食物，大多是一周岁的小母牛，而且它们只吃最鲜嫩的那部分。虽然偶尔它们也会捕食小公牛或者小斑马，不

成语:“肆无忌惮”这个成语恰切地描写出了狼群在人们拿它们毫无办法的情况下的为所欲为和一点儿没有顾忌。

过这可不是它们最喜欢的食物。它们还喜欢闯进羊群肆意捕杀，但它们对羊肉却一点儿兴趣也没有，只是把那当做一种消遣的乐趣罢了。有一天晚上，布兰卡和黄狼就曾偷偷地溜进一个牧人的庄园，一气咬死了两千多头最肥最大的牛羊，但是却一口肉也没有吃。明摆着，这只是它们的一种娱乐活动而已。这真是令人发指。除此之外，狼群还有很多其他的恶劣行径。

所有的牧人对这群狼的情况都非常了解，无不对它们恨之入骨。人们曾想方设法地要除掉它们，每年都会想很多办法来追捕它们，可是无论大家怎样绞尽脑汁，怎样精心谋划，到最后，都惨败在珞巴的狡诈之中。人们一听到它的嚎叫，就恨得牙痒痒的。在卡伦坡，任何一个牧人都愿意拿出一大笔钱来换取珞巴部落里任何一只野狼的脑袋，地方政府甚至曾经高价悬赏狼王的头。为此，各地的精英猎手像参加武林盛会似的，纷纷从四面八方赶来，云集卡伦坡。大家各显神通，施展高明的捕猎绝技，想将狼群一网打尽。

“道高一尺，魔高一丈。”尽管猎人们都具有多年的捕猎经验，甚至可以说个个身怀绝技，但这些经验和绝技对珞巴和它的部下来说，都变得不值一提。它们根本不把那些所谓的捕猎秘技放在眼里，对那些捕狼活动丝毫不以为然，对猎人布下的陷阱和毒药更是嗤之以鼻。它们看不起所有的陷阱，嘲笑所有的毒药，就像魔鬼一样，让人惧怕，让人恐慌。没过多久，

比喻：在这句话中，把狼比喻成魔鬼，形象生动地写出了狼对人的祸害之大。

所有的猎人就都无计可施了。

当然，它们也并不是天不怕，地不怕，在这个世界上还是有它们畏惧的东西的，那就是猎枪。它们非常清楚，只要离人类足够近，无论它们跑得多快，跑得多聪明，枪声一响，它们都会丢了性命。在卡伦坡，男人们人人都有猎枪，所以珞巴规定它的部下，从来不许袭击任何一个男人，也从来不许暴露在男人的面前，不管它们是猎人还是牧人，抑或是普通的过客。在白天，只要发现有人，不管是男人还是女人，不管距离远还是近，必须赶紧逃走。同时，珞巴只允许部下吃它们自己弄死的动物，绝不允许它们碰那些现成的死动物。这样的规矩，极大程度地减少了它们被枪杀或毒死的危险。而且，珞巴有种不同寻常的能力，它对人的气息和毒药的气味嗅觉异常灵敏。这样的本领使人们对它的诱杀变得极为困难，甚至成了不可能办到的事。

至少有五年的时间，珞巴带领它的部下接连不断地从卡伦坡牧人那儿抢去牲口，而且越来越猖狂。据说，后来已经几乎达到了每天一头的程度。如果照此估算，这群狼至少让牧人们损失了两千多头最肥最大的牛羊。而且，大家都很清楚，它们每次总是拣最好的牲畜下口。

有一次，一位牧人听见了狼王珞巴那低沉的嚎叫声，偷偷地寻了过去。到了一个山谷里，他发现珞巴的部下正在一块凹地上围攻一小群牛，而珞巴则威严地卧在旁边的小土丘上。此时，布兰卡和其余的狼正在不断地向牛群发动进攻，而它们的目光始终盯着牛群中的一头小母牛。那些牛面对强敌，毫不示弱。它们紧紧地围在一起，尾向内，头朝外，摆出一个牛角防御阵，阵中保护着一些年迈的老牛和尚未成年的小牛。每头牛都瞪着铃铛似的大眼睛，低着头，扬起一对坚硬无比的牛角，严阵以待。群牛团结一心，一次次击退了狼群的袭击，要不是有几头牛在被几只狼的进攻中被迫退了几步，这个牛角防御阵是无法突破的。狼群也只有钻这些空子，才把选中的那头小牛弄伤了。可是，那头小牛也不弱，它顽强地搏斗着，灵巧地躲闪着。

洛巴一直卧在高处观战，不时发出沉稳而又恐怖的声音，似乎在恐吓牛群，又像是在给它的部下加油助威。可是，它的部下太让它失望了，这么久，居然没有拿下任何一头牛。失去耐心的洛巴，缓缓站起身，抖了抖身上的土，低沉地咆哮了一声，三下两下就跳到了牛群跟前，纵身一跃，就跳到了牛群当中。牛群就像被丢进了一颗炸弹似的，立刻乱成了一锅粥。牛们没命地四下乱窜，再也顾不上谁保护谁了。那头小母牛倒还机灵，趁乱冲出牛群，向远处飞奔而去。可它是狼群这次捕猎的重要目标，既然被这群魔鬼盯上，就一定厄运难逃了。这不，它才跑出二十多米远，就被洛巴给扑住了。洛巴紧紧地咬住小母牛的脖子，把它狠狠地摔倒在地上。虽然，洛巴自己也翻了个跟头，但它马上就站了起来。它的部下立即扑到这头可怜的小母牛身上，几秒钟就把它弄死了。洛巴没有分吃小

> 动作描写：成功地塑造了狼王沉稳、威猛的形象，突出了它的王者风采。

母牛的肉，而是昂起头向天空发出几声响亮的嚎叫，好像在对它的部下说："看，你们这帮没用的家伙，三下两下就能搞定的事，被你们浪费了多少时间啊！"

此时，那个牧人已经忍无可忍，骑着马，大声呼喊着奔了过来。狼群一见，立即丢下小母牛，飞快地逃走了。机会难得，牧人立即赶到小母牛身边，拿出一瓶番木鳖硷，快速地在还散着热气的牛身上的三处埋下毒药，然后策马离开了。按他对狼的了解，这群狼肯定要回来吃牛肉的，因为这是它们自己杀死的动物，也没什么好怀疑的。

可是第二天早晨，当他信心满满地回到那儿去寻找那些中了毒的野狼时，他又一次失望了。原来，这些狼虽然确实回来吃牛肉了，而且吃得很干净，但是却把所有下过毒的地方，都撕下来扔在了一边。

·我的好词好句积累卡·

凶悍　相提并论　出人意料　赫赫有名

这片大草原幅员辽阔，牧草丰盛，风景宜人。

站在草原的高处眺望，那如毡的牧草儿一直铺到视线不可企及的天边，在那草天交汇之际，画出一条条优美的弧线。

第二章　蔑视所有的猎人和毒药

一年年过去了，狼群对人们的危害有增无减；一年年过去了，人们对这只凶悍的狼王依然毫无办法；一年年过去了，悬赏狼王珞巴的金额越来越高了，到了最后，竟然有人出一千美元来买它的头。

这天，一个名叫塔纳雷的猎人来到了卡伦坡。他有一套专门的捕狼装备：最好的枪、最好的马以及一大群训练有素的猎狗。他曾经带着这群大猎狗，在遥远的潘汉德尔草原上，消灭了一个又一个狼群，还没有哪个狼群能逃过他的捕杀呢。所以，尽管珞巴的大名他早有耳闻，但他依然信心满满地相信自己这次也一定能够捕杀狼王，剿灭狼群。到那时，奖金与名声都会接踵而来。一想到这些，他浑身就充满了力量。

> 成语:“接踵而来”形象地写出了猎人塔纳雷对奖金与名声的极度渴望。

夏天的一个早晨，天刚蒙蒙亮，塔纳雷就带着他的捕猎队伍浩浩荡荡地出发了。很快，他的猎狗就搜到了狼群的踪迹，高声狂吠起来。塔纳雷指挥着猎狗继续搜索。他给狼狗的任务，就是找到并死盯住狼群，好让自己赶上来打死它们。又走了不到两公里路，卡伦坡的灰狼群就跳入了眼帘。塔纳雷毫不犹豫地向猎狗下达了追捕的命令，猎狗很快就将狼群包围在一个山坳里。

塔纳雷快马加鞭，一边飞快地向狼群冲去，一边沉稳地端枪瞄准。这要是在他以往的潘汉德尔草原捕猎中，狼群那可就是九死一生了。但是，这里毕竟不是潘汉德尔，卡伦坡河谷岩石林立，溪流纵横，到处都是障碍。塔纳雷本以为一鼓作气，就可以把狼群消灭，至少可以打死那只狡猾的狼王。可是，没跑出多远，他就泄气了。他骑在马上，处在这样的环境中，根本无法施展快速追击，一举歼灭的计划。

战机稍纵即逝，就在塔纳雷被岩石和溪流拖慢进攻步伐的时刻，珞巴已经突破猎狗的包围，穿过离它们最近的一条溪流逃走了。其他的狼一见它们的头儿冲破了猎狗的包围圈，也分散着逃开了。塔纳雷被远远地甩在了后面，只有那些勇猛的猎狗紧跟着奋力追击。可是，狼群四处逃散，那是它们的狡猾之处。猎狗们不得不跟着狼群七零八落地散开去追，那是它们厄运的开始。群狼利用熟悉的地形，很快摆脱猎狗的追击，并把它们骗得晕头转向，而它们不久就重新聚集在了一起。这么一来，群狼的力量就远远大于零星追过来的几只猎狗了。珞巴带领它的部下，掉过头来扑向后面的追猎者，不是把它们弄死，就是把它们咬成重伤。

当天晚上，塔纳雷一检查，发现他的一大群猎狗只回来了六只，当中还有两只被咬得浑身是伤。这使得他的捕猎队伍受到了重创，元气大伤。虽然塔纳雷不甘心就这样落败，又做过两次努力，但已经不可能有什么好的结果了。最后那次追捕中，他那匹心爱的马也不小心摔死了，这令他非常沮丧，再也打不起精神继续追捕了。于是，他放弃了这次捕猎计划，回到潘汉德尔去了。

形容词："沮丧"形象地刻画出了信心满满而来的猎人塔纳雷在几乎"全军覆没"后对追捕狼王完全丧失了希望、灰心丧气的样子。

从那以后，很长一段时间，没有人再提捕杀路巴的事。而路巴和它的狼群也就活动得越来越频繁，变得越来越猖狂了。

第二年，又有两个老资格猎手来到这儿，下决心要拿到这笔赏金。他们都相信自己能把这只赫赫有名的灰狼消灭掉。第一个人用的是一种新发明的毒药，投放的方法也跟以前完全不一样，动物似乎完全不应该察觉出来；第二个人是法国籍加拿大人，他用的不光是毒药，而且还要画上一些符，念上一些咒语来帮忙，因为他认为路巴是一只离奇的狼，绝不是用普通的方法可以消灭的。但是，对天生智慧的狼王来说，这些配置巧妙的毒药呀，不可思议的画符呀、咒语呀，毫无作用。它还是和以前一样，照常游游荡荡，吃吃喝喝。过了几个星期，这两位猎人相继绝望地放弃了原来的计划，到别的地方打猎去了。

在这两位猎人捕捉路巴失败这年春天，路巴带着它的妻子布兰卡来到了卡伦坡河畔附近的一个山谷安下了家。这是一个风景优美的地方，旁边就是牧人乔·卡隆的庄园。狼王的到来，注定了庄园面临一场极大的灾难。乔·卡隆苦思良久，曾用烟火把珞巴它们熏出来，想用炸药去炸死它们。可是，它们都无一损伤地逃开了。这样必然会导致更坏的结果，珞巴开始和它的妻子疯狂地报复。整整一夏天，它们一边弄死了乔·卡隆所有的牛、羊和狗，一边却安安全全地待在凹凸不平的岩壁深处，嘲笑乔·卡隆投放的那些毒药和捕狼器。

·写一写，练一练·

1）请写出下面词语的反义词。

犹豫——（　　）　　飞快——（　　）

2）照样子写词语。

游游荡荡——（　　）　　七零八落——（　　）

第三章　继续在卡伦坡称王称霸

以前，我也曾是一名出色的猎人，后来因为一些缘故，改变职业成了一名作家。我从没听过哪一个猎物像卡伦坡狼王这样声名远扬，也从没听过哪一个动物像卡伦坡狼王这样持久地让人束手无策。出于猎人和作家的双重职业敏感，我渐渐对狼王产生了兴趣，并且这种兴趣越来越浓厚。所以，1893年秋天，我的一个卡伦坡牧人朋友邀请我去新墨西哥的时候，我非常爽快地就答应了。

来到卡伦坡后，我先是从朋友那里了解了很多关于狼王和它的部落的事情，并花了很长时间熟悉当地的地形和环境。我几乎每天都在朋友找来的向导的带领下，骑着马四处转悠，研究狼王生活的区域和它们活动的规律。在山中，我们常常看到白森森的牛骨，向导总是愤愤地说："看，这又是路巴干的！"那种溢于言表的痛恨之情，让我不由心中深感震撼。看来，这群强盗对这个地方的祸害之深，远远超

语言描写：描写出狼王对这里的害处非常大以及人们对狼王的痛恨，也为狼王最后悲惨的结局埋下了伏笔。

过了我的想象。我的情绪受到了感染，决心为这里的人们做点什么。

通过朋友给我讲的故事，我已经可以清楚地知道，在布满丘陵和溪流的卡伦坡地区，想用骑马和猎狗围捕的办法是根本对付不了珞巴和它的部下的，那么剩下的有效的捕猎办法就只有毒药和捕狼器了。但是，珞巴和它的部下形体都非常大，一般的捕狼器是派不上用场的，而我们手里又没有足够大的捕狼器，所以，我只能一边让朋友去订制一些巨型的捕狼器，一边尝试着先用毒药碰碰运气。说是碰碰运气，是因为前面已经有不知多少同行用过这种方法了，甚至有很多老资格的猎手用它们的最厉害的毒药，以最巧妙的方法施毒都没有成功，而我已经好久没有捕过猎了，用毒药来对付这群无比狡诈的家伙，确实胜算不多。不过，人算不如天算，有些事情只有做了才知道是不是真的正确。况且，对付这样几年没有猎人能够制服的强盗，不付出极大的耐心恐怕是不可行的。

于是，我开始搜肠刮肚地回忆自己捕猎时用过的所有有效的毒药和使用方法。像番木鳖碱、砒霜、氰化物或者是氢氰酸化合物，甚至是叫不上名来的各种新的药物，我全用遍了。凡是能用来当诱饵的肉类或是野狼可能感兴趣的食物，我都试过了；所有我能想到的巧妙的毒杀方案，我全试遍了。可是，狼王不愧是狼王，它确实不同凡响。无论我使出怎样的绝技，它就是绝不上当。

当我一个早晨又一个早晨地骑着马去山中查看时，总是乘兴而去，败兴而归。我所能得到的结果永远只有一个，那就是失败。

狼王能在数不清的猎人连续几年的捕杀中，毫发无损，自有它的过人之处。它不但聪明、警觉、而且具有不可思议的洞察力。

最后一次，我用的是一位老猎人屡试不爽的捕猎秘技。我从一头刚宰掉的小母牛身上取下一个肥嫩的腰子，用刀把它切成均等的四块，在每一块的隐蔽的地方切开一个极微小的口子，放进一些无色无味的剧毒的药粉，然后把刀口精细地封闭好。切腰子的刀是骨头做的，这绝不会留下钢铁的味道；毒药粉原来是放在密不通气的胶囊中的，这就避免了诱饵外面染上药的气味；切腰子和放毒药的时候，我手上戴的是在小母牛血里浸过的手套，而且做这些的时候，我连出气儿都是朝向其他方向的。

一切都弄好以后，我把四块诱饵装在一只用小母牛血浸过的生皮口袋里，拴上绳子，骑上马一路悬提着，来到狼群出没的地方。我每走一小段路，布下一块诱饵，并且仔细地消除了自己走过的痕迹和气味。

投下诱饵后，猎人所能做的就只有漫长的等待了。也许很快就能得到想要的结果，也许猎物永远都不会上当，也许诱饵会被别的动物破坏……一切皆有可能。

那天夜里，我们正准备睡觉的时候，突然听见外面传来了一阵低沉的嚎叫声。朋友果断地说：“就是它，它来了！这个可恶的强盗！”我当然知道，朋友说的是狼王珞巴。我的心里不由得升起了一点儿小小的紧张，这可是我打猎这么多来从没有过的感觉。也许是经历了太多的失败，现在心中有那么一点儿侥幸的希望吧！

心理描写：表现了“我”既不相信狡猾的狼王会上钩，又希望它上钩这样矛盾的心理。

第二天，我早早地就起了床，快马加鞭，直奔昨天布下第一块诱饵的地方。很快，我就发现了狼群留下的脚印，其中最显眼的当然是狼王珞巴的。普通狼的前爪一般只有三寸多长，体形大的也不过接近四寸而已。可是，狼王的前爪却足有五寸长。动物的爪子和身体是成比例的，所以，从脚印的大小和深度，我们可以推断出狼王的身高约一米，体重约七十公斤左右，这对于一只狼来说，可以说是巨人级别的了。

当我来到放置第一块诱饵的地方时，发现那块牛腰子已经没有了，而从狼群留下的脚印看，它是被狼王叼走了。

我心头不由得一阵暗喜：“这回，狼王可要死在我手里了！”一股莫名的兴奋驱使我赶紧向前奔去。可是，直到第二块诱饵的布置地，我也没有发现狼王的尸体。但是，第二块诱饵也没了。“也许，狼王身体太强壮了，一块诱饵的毒药还不足以毒死它，那么两块加起来一定可以了吧？”这样想着，我又满心欢喜地继续向前搜索了。可是，真是奇怪啊，第三块诱饵也不见了，周围还是没有狼王的尸体。而依据多年的捕猎经验，我绝对可以断定这三块诱饵都是被狼王叼走了。这是怎么回事呢？我满腹疑惑地来到了放最后一块诱饵的地方。

“太过分了！这个该死的强盗！这个千刀万剐的恶棍！”一到放置第四块诱饵的地方，我不由得气得大骂起来！看，那三块我寄予厚望的诱饵全部都叠放在第四块上，而且，让人无法容忍的是最上面的那块诱饵上还被盖上了一泡狼屎！

原来狼王早已识破了我的计谋，它根本没有吃任何一块诱饵，只是把它们叼在嘴里，还做出一副已经吃下的假象，让我一次次的空欢喜。这还不算，最后它竟然把这四块诱饵叠放在一起，并在上面拉了一泡屎。这简直是对我的巨大侮辱。

至此，我不得不相信，毒药根本就不可能毒死路巴。现在，我能做的，就只有等待定做的巨型捕狼器的到来了。

牧人无法除掉狼群，只能在防御上下工夫。虽然这群强盗不但肆意掠取它们喜欢吃的小母牛，而且经常跳进羊群杀羊取乐。所以，牧人不得不把羊群也聚集在一个隐蔽的地方，集体看管，并在羊群的每一边都安排一个拿枪的牧人看守。绵羊天性柔弱，一点儿小小的骚扰，就能把它们吓得东逃西窜。而山羊则不同，它们勇敢、机智，即使在强大的敌人面前也毫不示弱。牧人非常清楚这些，他们在绵羊群里穿插着安排了很多山羊。这样，当狼群来袭击时，绵羊就会聚拢在山羊身边，不再到处逃窜，并得到最大程度的保护。但是偶尔也有意外发生。一天晚上，狼群成功地躲过看守的牧人，跳到了羊群里。绵羊吓坏了，纷纷躲到了山羊后面，而山羊则勇敢地站在原地，扬起犄角准备迎战。不过，它们面对的是大名鼎鼎的狼王，那点儿可怜的勇气是没有用的。珞巴纵身一跃，直接扑向山羊，只用了几分钟就把山羊全部打败了。绵羊失去了主心骨，乱成一团，纷纷逃窜。狼王的部下立即展开大规模的屠杀。这些可怜的绵羊，死的死、伤的伤，惨不忍睹。

成语："大名鼎鼎"形容狼王的名气非常大，用在这里带有一定的调侃语气，增加了文章的诙谐色彩。

在我等待捕狼器的这几个星期，不断有牧人向我说起他们的巨大损失。

我们定做的巨型捕狼器终于运来了，我请了好几位朋友用了整整一周的时间才布置好。在捕狼器布置好的第二天，我骑着马出去侦查，走了没多久，想不到竟然看到了珞巴在每一架捕狼器旁边走过的脚印。从尘土上，我能看出它当天晚上的全部活动。它带着它的部下在黑漆漆的夜里跑来，立即就察觉到了捕狼器的存在。它命令所有的部下停止前进，小心翼翼地把捕狼器四周的土扒开，直到捕狼器、链条和木桩全部暴露出来，只留下那根绷得紧紧的弹簧，它清楚地知道，这东西是不能碰的。用同样的方法，珞巴处理了所有的十二架捕狼器。费了那么大力气弄来的捕狼器却派不上用场，这可怎么办呢？我不断地查看着那些脚印，突然我发现了狼王的一个特点，那就是它一旦发现前面有可疑迹象，就会马上停止前进，并跳到原路的另一边。依据它的这个特点，我想到了一条妙计来对付它。

我把捕狼器布置成H形，办法是，在路的两边放上两排捕狼器，在路的中间，像“H”当中的一横那样，再放上一架。可是没过多久，我发现这条妙计根本没“妙”起来。珞巴确实是顺路走来，而且在发觉当中的那架捕狼器以前，就已经陷进两排平行的捕狼器中间了。但是，它及时停住了前进的脚步，而且没有跳出那致命的一跳。它丝毫不差地、小心翼翼地按原路返回了。接着它站在安全的地方，用后脚扒起一些土疙瘩或石头块儿什么的，把捕狼器弄得全合上了。

动作描写：充分写出了狼王超乎人的想象的洞察力和判断力，写出了它的“出色”的狡诈。用词准确、形象。

后来，虽然我改变过无数方法，并用百倍的小心来布置捕狼器，但总瞒不过珞巴。它就像有神仙帮助一样，绝对不会出什么岔子。要不是后来它那只倒霉的母狼害了它，说不定直到现在，还在卡伦坡称王称霸呢！

· 我的好词好句积累卡 ·

驱使　　侮辱　　声名远扬　　搜肠刮肚

绵羊天性柔弱，一点儿小小的骚扰，就能把它们吓得东逃西窜。而山羊则不同，它们勇敢、机智，即使在强大的敌人面前也毫不示弱。

当我一个早晨又一个早晨地骑着马去山中查看时，总是乘兴而去，败兴而归。我所能得到的结果永远只有一个，那就是失败。

第四章　当狼王失去一切之后

曾经有那么一两次，我发现捕狼器旁留下的脚印中，似乎有一只体形较小的狼跑到了狼王的前面，但我马上又否定了这种想法。拥有绝对权威的狼王是不可能让它的部下跑到自己前面的。可是后来，一位牧人朋友告诉我："在这个狼群里，有一只狼是特殊的，那就是珞巴的妻子布兰卡，只有它可以跑到狼王的前面。"我这才恍然大悟。对啊，布兰卡是狼王的妻子，它怎么就不可以跑到狼王的前面呢！

这个发现让我着实兴奋了好久，我心中又开始酝酿一个新的计划。我在朋友那里要了一头小母牛，让人宰杀后丢到山谷中，在小母牛旁边比较明显的地方安放了两架捕狼器。然后，请人割下牛头，把它当做狼根本不会感兴趣的废物，扔在不远的地方。在牛头的周围，异常隐蔽地放上了六架彻底消除过气味的巨型捕狼器，再把新鲜的牛血洒在地面上，并用狼的脚印对地面进行了伪装。

动词："伪装"写出了是"我"采取措施制造一系列假象，想以此来迷惑狼王让它上当的活动，用词生动形象。

狼有一种习性，只要一闻到有什么死动物的气味，就是不想吃，也要跑过去嗅嗅。我费尽心机做这些，根本不指望能迷惑住狼王，唯一希望的是能侥幸捕到它的有些不听话的妻子。

第二天早晨，我赶去看那些捕狼器。嗬，我真高兴！夜里狼群真的来过了，地上留下了很多脚印。我查看了一会儿，不出所料，又是狼王首先发现了小母牛的尸体，并阻止了狼群前进。可是“智者千虑，必有一失”，它确实是阻止了部下接近小母牛的尸体，却没有发现不远处的那个牛头，而似乎有一只不知深浅的狼没有等到狼王发话就跑过去了，结果一脚踏翻了一个捕狼器。因为，我布置的捕狼器少了一只，而且地上还有拖过的痕迹。这条痕迹清晰地伸向前方，旁边还有很多杂乱无章的狼的脚印。

沿着脚印往前，没多远，我们就发现了一只被牢牢夹住的白狼。原来真的是布兰卡。它拼命地挣扎着，奋力向前拖动着，可是捕狼器太重了，它根本没有力气拖走它。从地上的脚印可以看得出来，能把捕狼器带出这么远，那也是狼王和它的部下齐心协力的结果。也许狼王一直带着其他的部下在拯救布兰卡，只是在我们到来的那一刻，它们才无奈地遁逃了。

布兰卡长得真漂亮，一身柔亮的白色，浑身上下没有一根杂毛。它一见我们到来，挣扎得更凶了，嗷嗷嘶叫着向远方高声呼救，凄厉的叫声在山谷中久久地回荡。狼王那低沉而焦急的叫声似乎就在不远处的山上应和着。

接下来发生的事，似乎有点儿过于残忍，后来我一想起来，心里还总有一种不舒服的感觉。我们每个人都在马上扔出一根绳索，牢牢地套在这只狼的脖子上，再驱赶着马向不同的方向使劲儿拉，直到它嘴里流出了血，四条腿也僵硬了，没有力气再动一下才住手。然后，我们用马驮着这只死狼赶回了朋友的住处。这是人们对狼王部落的第一次致命打击，每个人的脸上都洋溢着兴奋的笑容。

神态描写：真切地写出了人们经过无数次的艰苦努力，终于有了一定的成果时异常高兴的神情。

在我们往回走的路上以及回到居住地后的很长一段时间里，山谷中都不时传来狼王的嚎叫声。它肯定知道了布兰卡的下落，因为布兰卡的鲜血已经染红了那片土地。它发出长长的哀号，仿佛在哭喊着："布兰卡！亲爱的布兰卡！"它的嚎叫声听起来极其凄惨，连恨透了它的牧人都有点儿同情地说："从来没有听过哪只狼像这样痛苦地叫这么久！"白天的时候，珞巴迫于枪的威力不敢靠近我们，但是夜幕降临的时候，它就变得异常疯狂了。

那天晚里，珞巴循着马蹄印来到了牧场。不知它是来寻找它的妻子，还是来报仇的，这我们无从知晓，但有一点是非常清楚的，它是独自闯入牧场的。它发疯似的到处乱跑，完全失去了以往的沉着、冷静，并在离我们屋门外不到五十米的地方，把那只看门狗撕成了碎块儿。虽然，对它的报复性的袭击，我有所估计，也有所防备，并在牧场周围增设了很多捕狼器，但没想到它会这样疯狂。后来我发现，它那天夜里的确踏中过一架捕狼器，可是它的力气太大了，又被它挣脱了。

成语:“魂不守舍”形象地写出了狼王因失去最深爱的妻子而神情恍惚的精神状态。

依我对狼王的了解，它是不会就这样放弃寻找布兰卡的。所以，我要趁着它魂不守舍的时候，想办法把它抓住。这时，我才意识到，弄死布兰卡是个多么大的错误，因为我要是能有母狼来作诱饵的话，第二天晚上可能就把它逮住了。

第二天一早，我就把所有能够使用的捕狼器都集中起来，把它们分别布置在每一条通往山谷的路线上。我把每一架捕狼器都分别拴在一根木桩子上，再把木桩子一根根分别深埋于地下固定好。埋的时候，我小心地搬开草皮，把挖起来的泥土一点儿不漏地全部放在毯子里，这样在重新铺好草皮后，就看不出任何的人手动过的痕迹了。埋设好了捕狼器，我又拖着布兰卡的尸体，在各处走了一遍，最后从尸体上割下一只爪子，在每一架捕狼器的旁边，打上一溜脚印。忙活了一整天，夜幕降临的时候，我返回了牧场，等着狼王来自投罗网。

第三天，我骑马出去转悠了大半天，什么也没发现，后来一个参与捕猎的牧人来告诉我：“山谷北面的牛群闹得很凶，好像有情况。”我们赶紧骑马赶向那里。

来到山谷北面，我们老远就看到一个大大的、灰溜溜的东西在地上挣扎着。“是珞巴！是狼王珞巴！”我们几乎异口同声地喊了出来。大家立即欢呼雀跃地冲上前去。狼王珞巴已然全没了昔日的王者风采，它直直地挺立在那里，身体被捕狼器牢牢地夹着。可怜的狼王，它仍沉浸在失去妻子的痛苦中，它无时无刻不在惦记着它的妻子。我想它一定是看到布兰卡爪子留下的痕迹后，就奋不顾身地冲了过去，从而触动了四个严阵以待的捕狼器。狼王身边有很多牛蹄印，说明曾有无数头牛前来围观和羞辱这只落难的狼王。它已经在这里挣扎了很久，几乎筋疲力尽了。

可是，当我走近它的时候，它又腾地站了起来，耸着毛，高昂着头发出了低沉有力的嚎叫。这是它求救的呼声，还是召集它的部下的信号？不过，那不重要了，因为一个接应它的声音也没有。可怜的狼王变成了真正的孤家寡人。它恼羞成怒，转而扑向我，但四架残酷的捕狼器牢牢地控制了它，那些深埋于地下的大木桩子和链条又缠绕在一起，搞得它毫无办法，最后终于瘫倒在了地上。

它这一生，曾经杀生无数，残暴至极，一枪打死它，那也是它罪有应得。不过我不想用枪射死狼王，那样会损伤它尊贵的狼皮。

“你这个强盗，今天我要亲手结束你的生命！”说着，我将套索使劲儿一甩，嗖的一声，套索就飞向了它的脑袋。可是套索没有落到狼王脖子上，却被它一口咬住了。它恶狠狠地把索套咬成两截，吐在自己脚下，然后虎视眈眈地看着我，似乎在向我示威。我气愤地马上又从同来的牧人手中要过一条绳索，并叫来一名牧人帮忙。我们先向狼王抛了两根木棍，狼王条件反射似的一口咬住了其中的一根。趁它咬木棍的瞬间，我们一同把套索抛向了它。

两条绳索牢牢地套住了狼王的脖子，那位牧人朋友立马收紧绳套，恨不得一下将这个恶贯满盈的家伙勒断气。狼王的脖子被紧紧地勒住，使它再也无法反抗了，它眼睛里最后一丝愤怒的火焰也慢慢熄灭了。“等等，咱们先别忙弄死它，把它活捉到牧场去。”我大声喊道，因为我暂时还不想杀掉它。它似乎一点儿气力也没有了，我们很容易地就往它嘴里塞了一根木棍，塞到它的牙齿后面，然后用粗绳绑住它的爪子，再把绳子系在木棍上。这么一来，它就没法伤人了。在我们绑它的过程中，它没有做任何反抗，甚至连头都没有抬一下，只是平静地望着我们，仿佛在说：“你们终于得手了！要杀要剐，随你们的便吧！”

神态描写：通过恰如其分的神态描写，把狼王那种万念俱灰，早已将生死置之度外的心理传神地刻画了出来。

打那时候起，它就再也不理睬我们了，任凭我们把它架到马背上，再用马把它驮回牧场。一路上，它都很安静，呼吸也很均匀，只管静静地凝视着远处的山岭，看都不看我们一眼……

回到牧场，我们给它戴上一个项圈，用一根粗粗的铁链子把它拴在牧场的一根桩子上。这时候，我才头一次得以仔细地观察狼王，同时也证实了一些人对这位大英雄或暴君的传言是多么滑稽可笑。它的脖子上没有什么魔力金圈儿，肩头上也没有什么表示和魔王结盟的反十字，只是在它腰部的一边，我发现了一大块隆起的疤痕。不过，据说那是塔纳雷的猎狗领班裘诺在被它弄死在山谷沙地上之前的那一会儿给它留下的纪念。

太阳落山的时候，狼王还在静静地盯着那片草原。我以为夜晚的时候，它一定会把它的部下叫来，所以我为它们做好了准备。可是珞巴再也没有叫唤一声。

我为狼王送去肉和水，它看也不看，只是静静地卧在那里。它的眼睛坚定不移地朝着它的部落生活的方向望去，久久地凝视着。我试着用手碰碰它的耳朵，它一动也不动。

据说，一头狮子如果被掠夺了力量，一只老鹰如果被剥夺了自由，一只鸽子如果被抢走了伴侣，它们都会死去。那么，当这三种致命的痛苦同时降临到狼王身上时，它会怎样呢？

第二天清晨，当黎明的曙光照亮淡蓝色天空的时候，我起床来查看，看见狼王仍旧极其平静地躺着那里。可是，当我走到它身边后才发现，这只曾经威震八方的狼王在昨天晚上就已经去陪伴它的布兰卡了。

·写一写，练一练·

1）请写出下面词语的近义词。

兴奋——（　　）　　　　欢呼雀跃——（　　）

2）用下列词语造句。

凝视——

疯狂——

参考答案

乌鸦银斑

第一章

1）柔顺　英勇

2）混乱—— 车祸现场一片混乱，幸好没有人员伤亡。

假装—— 眼前的老爷爷跌倒时，他不但假装没看见，还在那儿哄堂大笑。

第三章

1）崭新　陌生

2）一尘不染　一成不变

一清二楚　一穷二白

小战马

第二章

1）快速　好看

2）háo　sī

第四章

1）舒适　简单

2）jú　　shì

第六章

1）危险　沉重

2）熟悉——我很熟悉这个地方，因为这里是我的家乡。

惊讶——看见宏伟的万里长城，我对古代劳动人民的智慧感到惊讶！

普林菲尔德镇狐狸的故事

第一章

1）野蛮　结束

2）整整齐齐　白白胖胖（对应“叮叮咚咚”）

草草了事　彬彬有礼（对应“嗷嗷待哺”）

第三章

1）高兴　笨重

2）津津有味——妈妈做了一道丰盛的晚餐，我们吃得津津有味。

困惑——这个问题一直困惑着我们。

沼泽地里的豁耳兔

第一章

1）稀疏　强烈

2）高高的鼻梁　红红的嘴唇

第三章

1）shàn　jiān

2）言传身教—— 要想练好舞蹈，不仅要刻苦练习，更需要一位好老师言传身教才行。

敏锐—— 老鹰的眼睛特别敏锐，在高空可以看到地面上很小的目标。

第五章

1）丑陋　喧闹

2）qiàng　chéng

第八章

1）强大　危险

2）liě　lín

红脖子

第一章

1）轻视　迅捷

2）zòng　yāng

第三章

1）危险 强大

2）硬朗 强硬

第五章

1）hu wǎng

2）侥幸——爸爸开车要注意力集中，不要存在侥幸心理哟！

炫耀——他在炫耀着这次的考试成绩。

第六章

1）经常 茂盛

2）骄傲——刘明得到了老师的表扬，开始变得骄傲起来。

鲜艳夺目——公园里的花鲜艳夺目，好看极了。

第九章

1）一尘不染 健壮

2）罪恶 丑恶

第十章

1）喜出望外 胆怯

2）mǐn xuán

一只信鸽的故事

第一章

1）jiù gé

2）漂亮——节日里，小朋友们打扮得很漂亮。

淘汰——如果我们现在不努力学习，将来就会被社会淘汰。

第三章

1）chàn　xiàn

2）惩罚　处罚

吉尔达河边的浣熊

第一章

1）暴躁　不满

2）波光粼粼　喜气洋洋（对应“生机勃勃”）

红彤彤　慢腾腾（对应“急匆匆”）

第四章

1）陌生　愁眉苦脸

第六章

1）肆无忌惮　友好

第七章

1）xuàn　gū

2）认认真真　高高兴兴（对应“干干净净”）

亮晶晶　绿油油（对应“黏黏糊糊”）

第九章

1）想念　小心

2）一模一样——兄弟俩长得一模一样，我都认不出哪个是哥哥、哪个是弟弟。

魂牵梦萦——美丽而神秘的布达拉宫，是让我魂牵梦萦的地方。

科伦坡狼王

第二章

1）果断　缓慢

2）干干净净　纷纷扬扬（对应“游游荡荡”）

七上八下　七嘴八舌（对应“七零八落”）

第四章

1）高兴　欢欣鼓舞

2）凝视——他瞪大亮晶晶的小眼睛，凝视着面前这张美丽的脸。

疯狂——趁敌人疯狂前进的机会，我们把他们狠狠地消灭掉。